Langenscheidt

Dangerous Dressage – Gefährliche Dressur

von Annette Weber

Langenscheidt

Berlin · München · Wien · Zürich · New York

Lektorat: Barbara Müller
Englischsprachiges Lektorat: Charlotte Collins
Illustrationen: Anette Kannenberg

www.langenscheidt.de

Umwelthinweis: gedruckt auf chlorfrei gebleichtem Papier

Satz: Franzis print & media GmbH, München
Druck: Mercedes Druck GmbH, Berlin
Printed in Germany

ISBN 978-3-468-20533-0

1. 2. 3. 4. 5. * 12 11 10 09

Inhalt

Ein neues Leben

Corinna sah die aufgehende Sonne durch die blauen Gardinen hindurch. Müde streckte sie sich. Dann lauschte sie nach draußen. Das Meer platschte gegen die Felsen, ein Hund bellte in der Ferne, Schritte schlurften über den Hof. Das war sicherlich Rick, der neue Freund ihrer Mutter.

Corinna hörte, dass die Stalltür geöffnet wurde. Dann brummelten die beiden Pferde vor sich hin.

"**Calm down**[1], Sunny!", hörte sie Rick sagen. Sunny brummelte noch lauter. "Okay, let's go!"

Jetzt hörte Corinna Hufgetrappel. Sie trat zum Fenster und schaute hinaus. Rick führte Sunny und Queen am Halfter über den Hof und brachte sie auf die Koppel direkt hinter dem Wohnhaus.

Corinna seufzte. Eigentlich war es wunderschön hier. Es gab nicht nur die Pferde, sondern auch Ziegen, Schafe, zwei Hunde und Katzen. Es gab grüne Wiesen, leuchtende Sommerblumen und große Apfelbäume. Und wenn man sich weit aus dem Fenster lehnte, konnte man sogar das Meer sehen.

Doch Corinna war nicht wirklich glücklich, denn dieser Ort sollte ihre neue Heimat werden.

Und das alles wegen Rick Garland, in den sich ihre Mutter in den letzten Ferien verliebt hatte. So sehr, dass sie

---

1 **Calm down.** Beruhige dich.

sich schließlich einen Job bei einer Computerfirma in Torbay in Südwestengland gesucht hatte.

Corinna war zum Heulen zumute. Natürlich war Rick nett zu ihr. Er tat alles, damit sie sich wohlfühlte. Er zeigte ihr die Hunde und Katzen, er ließ sie auf Queen und Sunny reiten und er hatte sogar schon ein paar kürzere Ausritte mit ihr unternommen. Aber da gab es noch Daniel, seinen dreizehnjährigen Sohn, der es nicht besonders lustig fand, dass plötzlich eine fremde Frau und ein fremdes Mädchen hier waren.

Nun winkte Rick zu Corinna hinauf. "Come down, Corinna", rief er. Dabei rollte er das R, und so hörte sich ihr Name ganz fremd an. "Come down and see what **happened**[1] last night."

Als Corinna in den Ziegenstall sah, bemerkte sie die kleine weiße Ziege sofort, die neben der großen gescheckten stand und versuchte zu saugen. Klitzeklein war sie, und sie hatte noch Mühe, sich auf den Beinen zu halten.

"Oh, wie süß – how **cute**[2]", sagte Corinna und trat näher.

"**Would you like**[3] to **stroke**[4] it? You would, **wouldn't you?**[5] I can see it in your eyes." Rick

---

1 **happened** passiert ist
2 **cute** süß
3 **would you like** möchtest du
4 **stroke** streicheln
5 **wouldn't you?** nicht wahr?

öffnete den Verschlag und ließ Corinna eintreten. Dann nahm er das kleine Zicklein auf den Arm und ging damit zu Corinna hinüber. Die Mutterziege meckerte aufgeregt.

"**Come on**[1], Dolly, let Corinna see your baby." Rick strich der alten Ziege beruhigend über die Ohren. "You'll get it **back**[2] **soon**[3]."

Corinna streichelte das kleine Zicklein. Es war ganz weich und hatte noch keine Hörner.

"In **a couple of**[4] hours I'll **take**[5] **them**[6] **both**[7] to the **other**[8] **goats**[9]", erklärte Rick. "It'll **only**[10] drink its mother's milk in the first three months. **Afterwards**[11] it'll eat grass and **hay**[12]." Corinna verstand.

"**If**[13] you like, you can **choose**[14] a name **for**[15] it", fuhr Rick fort.

---

1 **Come on.** Komm schon.
2 **back** zurück
3 **soon** bald
4 **a couple of** ein paar
5 **take** *hier:* bringen
6 **them** sie
7 **both** beide
8 **other** andere
9 **goats** Ziegen
10 **only** nur
11 **afterwards** danach
12 **hay** Heu
13 **if** wenn
14 **choose** aussuchen
15 **for** für

Corinna überlegte nicht lange. "I'll **call**[1] **her**[2] Mandy", erwiderte sie und dachte dabei an ihre allerbeste Freundin in Deutschland.

Lautes Gelächter ertönte hinter ihr. Corinna fuhr herum. Daniel war im Stall aufgetaucht.

"Mandy? What a **silly**[3] name for a boy."

---

1 **call** *hier:* nennen

2 **her** sie

3 **silly** doof

Corinna wurde rot. "Oh", sagte sie schnell. "I **didn't know**[1] **that**[2] she was a boy."
"That she was a boy?", wiederholte Daniel und krümmte sich schier vor Lachen. "*He's* a boy. Let's call him Darth Vader."
Corinna verdrehte die Augen. Sie fand Daniel so albern, dass sie nicht wusste, was sie dazu sagen sollte.
Rick setzte das kleine Zicklein zu seiner Mutter zurück. "Okay, **kids**[3]", wandte er sich an sie beide. "I **have to**[4] go to the market. We'**re expecting**[5] a couple of **guests**[6] this week. **May I**[7] **leave**[8] you **alone**[9] for an hour?"
"Of course", antwortete Corinna schnell, doch am liebsten hätte sie gefragt, ob sie Rick nicht begleiten könnte. Sie war nicht besonders erpicht darauf, mit Daniel allein zu bleiben.
Auch Daniel murmelte eine Antwort, die sich nicht wirklich begeistert anhörte. Aber sie hatten keine Wahl. Rick und Daniel lebten hauptsächlich vom Fremdenverkehr, indem sie eine Reihe von Zimmern auf dem Hof vermieteten. Nur so kamen sie finanziell einigermaßen über die Runden.

---

1 **didn't know** wusste nicht
2 **that** *hier:* dass
3 **kids** Kinder
4 **have to** muss
5 **we're expecting** wir erwarten
6 **guests** Gäste
7 **may I** darf ich
8 **leave** lassen
9 **alone** allein

"**Would you**[1] please **muck out**[2] the **stables**[3] **while**[4] I'm **gone**[5]?", wandte sich Rick nun an seinen Sohn. Wieder murmelte Daniel eine Antwort, die eher wie ein Grunzen, nicht aber wie ein Ja klang.
"Of course", erwiderte Corinna schnell. Sie war froh, nicht untätig herumsitzen zu müssen.

Queen und Sunny waren gemeinsam in einer geräumigen Box untergebracht. Hier gab es viel zu tun. Schnell machte sich Corinna an die Arbeit. Irgendwann blickte sie auf. Von Daniel war nichts zu sehen. Sie seufzte. Sie hasste es, wenn andere sich vor Arbeit drückten. Aber im Grunde war sie froh, dass er ihr wenigstens nicht im Weg stand und dumme Bemerkungen machte.
Plötzlich zuckte sie zusammen. Eine Hand hatte sich auf ihre Schulter gelegt. Erschrocken fuhr Corinna herum. Daniel stand hinter ihr. Er hatte seinen Finger auf die Lippen gelegt. "Sssh", flüsterte er. Dann deutete er nach draußen.
Unter einem Vordach in der Ecke des Hofes, in der die Heu- und Strohballen für den täglichen Bedarf zwischengelagert wurden, stand ein fremdes Pferd. Es

---

1 **would you** würdet ihr
2 **muck out** ausmisten
3 **stables** Pferdestall
4 **while** während
5 **gone** weg

war weiß und mit hellen braunen Flecken übersät, die am Hals dicht und an der Kruppe weniger wurden. Mähne und Schweif waren dunkel, ebenso die Beine.
“Ein Appaloosa”, flüsterte Corinna.
“Yes”, nickte Daniel. “An Appaloosa.”
“But **whose is it?**[1]”
“I don’t know.”
Corinna und Daniel standen bewegungslos nebeneinander und starrten ihren Besucher mit großen Augen an. Das Pferd machte sich an einem Heuballen zu schaffen. Mit großer Begeisterung zog es das Heu aus dem Ballen heraus und fraß es.
“**Perhaps**[2] it’s **run away**[3] from **another**[4] farm”, überlegte Corinna.
“**That’s possible**[5]”, bestätigte Daniel. “Perhaps it **belongs to**[6] Andrew Welsh. You may **have heard**[7] of him. He’s a **well-known**[8] **dressage rider**[9]”, flüsterte er dann. “He lives **quite**[10] **near here**[11].”

---

1 **Whose is it?** Wem gehört es?
2 **perhaps** vielleicht
3 **has run away** ist weggelaufen
4 **another** ein anderer
5 **That’s possible.** Das ist schon möglich.
6 **belongs to** gehört
7 **have heard** hast gehört
8 **well-known** bekannt
9 **dressage rider** Dressurreiter(in)
10 **quite** ziemlich
11 **near here** in der Nähe

"Let's **try**[1] to catch it", schlug Corinna vor.
Daniel nickte. Vorsichtig schlich er an Corinna vorbei und nahm Queens Halfter vom Haken. Doch das fremde Pferd hatte die Bewegung bereits wahrgenommen. Es hob den Kopf und schaute zu den beiden Kindern hinüber. Dann wich es langsam zurück zur Wiese.
"**Shit!**[2]", fluchte Daniel leise. "Let's **approach**[3] it from both **sides**[4]. I'll go to the left – you take the right."
Corinna nickte. Langsam trat sie aus dem Stall, machte einen großen Bogen um das Pferd und ging dann vorsichtig auf das Tier zu. Daniel setzte sich von der anderen Seite in Bewegung.
"Hey, what a **wonderful**[5] horse you are!", lockte Corinna. "I'**ve never**[6] **seen**[7] **such a**[8] beautiful horse **before**[9]."
Plötzlich warf der Appaloosa den Kopf nach hinten, wieherte laut und lief Corinna entgegen, als habe er eine alte Bekannte wiedergetroffen. Corinna erschrak zunächst und versuchte auszuweichen. Doch dann senkte das Pferd den Kopf und begann, an ihren Haaren

---

1 **try** versuchen
2 **Shit!** Scheiße!
3 **approach** herangehen
4 **sides** Seiten
5 **wonderful** wunderbar
6 **never** (noch) nie
7 **have seen** habe gesehen
8 **such a** so ein
9 **before** zuvor

zu knabbern. Erleichtert atmete Corinna aus. Sie hob die Hand und streichelte die weiche Nase des fremden Tieres.
"Hey, I think we **must**[1] know **each other**[2]", sagte sie dann.
"That's **exactly**[3] what I **thought**[4]", erwiderte Daniel, der ohne ein Geräusch zu machen mit dem Halfter neben die beiden getreten war. "It looks **as if**[5] you two are old friends."
Mit sicheren Bewegungen streifte er dem Pferd das Halfter über. Corinna ergriff den Führstrick und führte es zu Queens und Sunnys leerer Box hinüber. Neugierig schaute es sich um und schnupperte. Schnell schlossen sie die Tür hinter sich, damit es nicht mehr weglaufen konnte, und lösten den Führstrick. Das Pferd schien nichts dagegen zu haben. Und als Corinna auch noch eine große Portion Heu in der Futterkrippe verteilte, fraß es mit großem Appetit.
"I'll go and **call**[6] Mr Welsh", murmelte Daniel. "I'm **sure**[7] this is his horse."
Mit großen Schritten ging er ins Wohnhaus zurück.

---

1 **must** müssen
2 **each other** einander
3 **exactly** genau
4 **thought** gedacht habe
5 **as if** als ob
6 **call** *hier:* anrufen
7 **sure** sicher

Bekanntschaft mit Andrew Welsh

Die schöne Appaloosastute gehörte tatsächlich dem berühmten Dressurreiter Andrew Welsh. Es dauerte keine halbe Stunde, da kamen er und zwei weitere Männer auf den Hof gefahren, um das Pferd abzuholen.

Mit klopfendem Herzen schüttelte Corinna ihm die Hand. Sie hatte noch nie einen Reiter kennengelernt, der an einer Weltmeisterschaft teilgenommen hatte. Und Andrew Welsh war bei den letzten Dressurmeisterschaften sogar auf dem fünften Platz gelandet.

"**Thanks a lot**[1] **for taking care of**[2] my horse", sagte er. "**We hadn't even realized**[3] that she wasn't in the paddock. She must have jumped over the fence."

Einer seiner Begleiter nickte. "She jumps very **well**[4]."

Mit schnellen Schritten ging er auf das Pferd zu. Sofort wich die Stute in eine Ecke der Box zurück.

"Oh, **Daylight**[5], come on!", rief der Mann und trat in die Box. "I know this is a nice **place**[6], but we have to go **home**[7] **now**[8]."

---

1 **thanks a lot** vielen Dank
2 **for taking care of** dafür, dass ihr auf … aufgepasst habt
3 **we hadn't even realized** wir hatten nicht mal bemerkt
4 **well** gut
5 **Daylight** 'Tageslicht'
6 **place** Ort
7 **home** nach Hause
8 **now** jetzt

Die Stute prustete laut und ängstlich.
"Let me try and speak to her", schlug Corinna vor, doch der Mann beachtete sie nicht. Er befestigte den Führstrick am Halfter und zog Daylight hinter sich her. Die Stute folgte ihm widerwillig. Kaum erblickte sie den Hänger, blieb sie wie angewurzelt stehen und stemmte die Beine in den Boden.
"Let's go, girl!", schmeichelte der Pferdepfleger. "Don't be afraid. It's **just**[1] a **trailer**[2]."
Aber Daylight dachte gar nicht daran, auch nur einen Schritt weiter zu gehen.
Nun kam der andere Pferdepfleger auf Daylight zu. Er hatte eine Gerte in der Hand, mit der er wild durch die Luft wedelte. "**Hurry up**[3], Daylight. **We don't have all day**[4]."
Corinna fasste den Pferdepfleger am Arm. "Please let me try", sagte sie flehend. "Just **once**[5]."
Der Pferdepfleger sah seinen Boss kurz an. Andrew Welsh nickte. "Let her try, Ian", sagte er.
Ian reichte Corinna die Gerte. Dann lehnte er sich gegen die Hauswand und verschränkte die Arme. Mach schon, sagten seine Augen. Dabei lächelte er, als

---

1 **just** nur
2 **trailer** Anhänger
3 **Hurry up.** Beeile dich.
4 **We don't have all day.** Wir haben nicht den ganzen Tag Zeit.
5 **once** einmal

wüsste er genau, dass sie es nicht schaffen würde. Der andere Pferdepfleger und auch Andrew lehnten sich neben ihn.
Daniel war auf ihrer Seite, das merkte Corinna schnell. Er beeilte sich unauffällig, ihr zu helfen. Rasch schnitt er Äpfel und Möhren in kleine Stückchen und verteilte sie im Hänger. Dann nickte er Corinna zu. "Try now", sagte er leise.
Corinna nahm den Führstrick in die eine Hand, die Gerte in die andere. Dann ging sie langsam auf den Hänger zu, ohne Daylight anzusehen.
"Mmm, smells **like**[1] apples and carrots", sagte sie dabei leise. "Don't you want to **take a look**[2], Daylight?"
Daylight drehte die Ohren in ihre Richtung. Sie zögerte immer noch.
"Come on", flüsterte Corinna leise. "**Don't make me look a fool**.[3]"
Corinna betrat die Rampe. Sie klapperte ein wenig. Doch weil das Mädchen nicht zögerte, blieb auch Daylight neben ihr und trat ebenfalls auf die Rampe. Die Rampe klapperte nun lauter, doch der Stute schien das nichts auszumachen. Dann gingen beide in den Hänger.
Begeistert beugte sich Daylight zu den Möhren und Äpfeln hinunter und fing an zu fressen.

---

1 **like** *hier:* wie
2 **take a look** nachschauen
3 **Don't make me look a fool.** Blamier mich nicht.

Sofort verschloss Andrew den Hänger mit einer Stange. Dann schloss er die Laderampe. Daylight drehte sich erschrocken um. Sie bemerkte erst jetzt, dass sie gefangen war. Corinna kam sich ein wenig wie eine Verräterin vor. Sie klopfte dem Pferd liebevoll den Hals. "**Hope**[1] to see you soon", sagte sie.

Dann öffnete sie die kleine Seitentür und kletterte aus dem Hänger. Andrew Welsh reichte ihr die Hand.

"**Congratulations**[2]", sagte er. "That was quite **astonishing**[3]." Er schaute Corinna aufmerksam an. "How did you know **how to handle her**[4]?", fragte er.

"I've always loved horses", erzählte Corinna. "**I've been to**[5] lots of **horse shows**[6] and watched how people **teach**[7] **them**[8] to **get into**[9] a trailer, even to **lie down**[10]. That was **really**[11] **amazing**[12]."

Andrew lächelte. "If you like, you may **visit**[13] me on my

---

1 **hope** hoffe
2 **Congratulations.** Glückwunsch.
3 **astonishing** erstaunlich
4 **how to handle her** wie du mit ihr umgehen solltest
5 **I've been to** ich war bei … dabei
6 **horse shows** Reitturniere
7 **teach** beibringen
8 **them** ihnen
9 **get into** in … steigen
10 **lie down** sich hinlegen
11 **really** wirklich
12 **amazing** erstaunlich
13 **visit** besuchen

farm", sagte er. "We have lots of wonderful horses. I'm sure you'll like it."
"Oh, yes. I'm sure **I will**[1]", strahlte Corinna. "**Thank you so much**.[2]"
Kurze Zeit später fuhren Andrew und seine Mitarbeiter vom Hof. Daylight war sehr unruhig im Hänger. Sie trat gegen die Tür und wieherte aufgeregt.
"Calm down, Daylight", rief Corinna ihr nach. "I'll come and visit you **as soon as**[3] I can."

Corinna brannte darauf, alles über Andrew Welsh zu erfahren. Ob sie Daniel bitten sollte, sie an seinen Computer zu lassen, damit sie sich im Internet etwas umsehen konnte? Zu dumm, dass ihr eigenes Notebook beim Umzug kaputt gegangen war.
Aber zuerst musste sie die Box von Queen und Sunny fertig machen. In Windeseile hatte sie ausgemistet und neu eingestreut. Sie brachte alle Geräte an ihren Platz zurück und ging dann ins Haus.
Sie musste Daniel nicht lange suchen. Wie immer saß er mit Kopfhörern auf den Ohren vor seinem Computer und starrte gebannt auf den Bildschirm. Als Corinna sein Zimmer betrat, zog er sich die Kopfhörer von den Ohren und starrte sie missmutig an. Corinna schluckte.

---

1 **I will** das werde ich
2 **Thank you so much.** Vielen, vielen Dank.
3 **as soon as** sobald

„May I – may I please **go on the Internet**[1]?", fragte sie leise.
"Internet", wiederholte Daniel und fing an, seine Tastatur zu bearbeiten.
"You **probably**[2] want to **check up on**[3] Andrew Welsh, right?", fragte er, während er auch schon die Suchmaschine startete und den Namen des Dressurreiters als Suchbegriff eingab. "Woolstone Manor", rief er dann. "That's the name of his farm."
Er drückte auf einen Link und ein wunderschönes Gut wurde auf dem Bildschirm sichtbar.
"**Wow.**[4] It's really big", staunte Corinna.
"It's quite near here, only about three **miles**[5] **away**[6], **right by**[7] the sea", erklärte Daniel.
Nun drückte er auf einen anderen Link, der die Aufschrift "**Assistants**[8]" trug. Hier waren Fotos der beiden Pferdepfleger zu sehen: Ian beim Schieben einer Karre, der andere, der sich Craig nannte, beim Füttern eines Pferdes. Auch das Foto einer Frau war zu sehen.

---

1 **go on the Internet** ins Internet gehen
2 **probably** wahrscheinlich
3 **check up on** nachschauen
4 **Wow!** Mensch!
5 **miles** Meilen
6 **away** entfernt
7 **right by** direkt am
8 **assistants** Mitarbeiter(innen)

"Oh, this **might**[1] be interesting, too", bemerkte Daniel und drückte einen weiteren Link. Ein Video wurde geladen. "Sit down", lud er Corinna ein und zeigte auf einen zweiten Stuhl. Corinna rückte ihn näher an den Bildschirm heran und ließ sich darauf nieder.

Das Video begann. Es zeigte Andrew Welsh, wie er in einer großen, schön geschmückten Halle eine Pferdedressur ritt. Sein Pferd war ein großer Brauner mit schlankem Hals. Die Dressur war ausgesprochen schwer.

"Wow!", sagte Corinna begeistert, als das Video zu Ende war. "He's a great rider. Really."

Daniel rümpfte die Nase. "He's okay."

---

1 **might** könnte

"Are you **crazy**[1]?", lachte Corinna. "**Have** you **ever**[2] **tried**[3] any of those **figures**[4]? They're very difficult."
"Oh, Sunny and I do them every day", grinste Daniel. "The only problem is that Sunny's **too**[5] old for **competitions**.[6] He can **beat**[7] **anyone**[8]."
Daniel startete das Video erneut. Nach einer Weile sagte er ernst: "I don't like **the way**[9] this horse **is moving**[10]. It **doesn't seem**[11] to be enjoying it. It'**s cooperating**[12] with its rider, but it looks angry, **not**[13] happy. I don't think that looks good, do you?"
Corinna betrachtete die Dressurübung mit anderen Augen. Daniel hatte Recht. Das Pferd sah nicht glücklich aus.
Daniel ließ den Computer herunterfahren." Let's **saddle**[14] our horses. We'll ride over to Andrew Welsh's farm."

---

1 **crazy** verrückt
2 **ever** jemals
3 **have tried** hast versucht
4 **figures** Figuren
5 **too** zu
6 **competitions** Wettbewerbe
7 **beat** schlagen
8 **anyone** *hier:* jede(n)
9 **the way** wie
10 **is moving** sich bewegt
11 **doesn't seem** scheint nicht
12 **is cooperating** kooperiert
13 **not** nicht
14 **saddle** satteln

Woolstone Manor

Rick, der gerade von seinem Einkauf zurückgekommen war, hatte gegen den Ausritt nichts einzuwenden.
„Take your mobile phones with you!“, riet er noch. „And **promise**[1] you'll call me if **anything**[2] happens."
Das versprachen sie. Dann ritten sie los.

Bald hatten sie das Dorf hinter sich gelassen und bogen auf einen schmalen Weg ein, der sie an der Küste entlangführte. Daniel drehte sich im Sattel zu ihr um.
"**Ready for a trot?**[3]"
Corinna nickte. Sie beugte sich ein wenig nach vorn und trieb Sunny an. Sofort setzte er sich in Trab. Corinna hatte Mühe, ihn hinter Queen zurückzuhalten. Am liebsten hätte Sunny seine alte Freundin überholt.
Hinter einer weiteren Kurve sahen sie eine kleine Ortschaft liegen. "This must be Woolstone", erklärte Daniel.
Das Gut Woolstone Manor lag auf einer Anhöhe und war nicht zu übersehen. Corinna war beeindruckt von der imposanten Ausstrahlung des Hofes.

---

1 **promise** versprecht
2 **anything** irgendetwas
3 **Ready for a trot?** Wollen wir traben?

Corinna und Daniel ritten auf den Hof und saßen ab. Unruhiges Pferdewiehern war aus den Ställen zu hören. Der Geruch nach Besuchern war allen offensichtlich in die Nase gestiegen.
Daniel zog zwei Pferdehalfter aus seinem Rucksack und reichte Corinna eins. Beide tauschten nun das Zaumzeug gegen das Halfter und banden Sunny und Queen an einem Anbindehaken fest.
"Isn't it **strange**[1] that there are **no**[2] horses in the paddock? The weather's quite nice", wunderte sich Corinna. "But the horses are **all**[3] **locked up**[4] in their **boxes**[5]."
"That's **typical of**[6] **professional**[7] riders", bemerkte Daniel. "They're always afraid that their horses will **get**[8] **too**[9] fat." Er sah sich nach einem Wassereimer um.
"I'll see where we can **water**[10] Sunny and Queen", meinte er dann. "Why don't you take a look at the stables? Perhaps you'll **find**[11] Daylight."

1 **strange** seltsam
2 **no** keine
3 **all** alle
4 **locked up** eingesperrt
5 **boxes** Boxen
6 **typical of** typisch für
7 **professional** Profi-
8 **get** *hier:* werden
9 **too** zu
10 **water** *hier:* tränken
11 **find** finden

Corinna nickte und ließ Daniel allein. Sie konnte es kaum erwarten, den bildschönen Appaloosa wiederzusehen, dabei waren es kaum drei Stunden her, dass Andrew Welsh mit der Stute davongefahren war. Schnell schlüpfte sie in die Stallgasse und schlenderte von Box zu Box. Einige Boxen waren leer, in den anderen standen Pferde, knabberten am Stroh oder dösten einfach nur so vor sich hin. Hin und wieder streckte Corinna die Hand in eine Box und streichelte dem jeweiligen Pferd die Nase.

In einer der letzen Boxen stand Daylight. Das heißt, von Stehen konnte kaum die Rede sein. Die Stute lief unruhig im Kreis herum, warf den Kopf hin und her und scharrte mit den Hufen.

"Daylight!", rief Corinna. "**What's the matter with you?**[1]"

Daylight blickte auf. Ihre Ohren richteten sich nach vorne und sie kam dicht an die Gitterstäbe.

"**Are you all right?**[2]", fragte Corinna beunruhigt.

Daylight versuchte, noch dichter an die Gitterstäbe zu kommen. Corinna erkannte, dass sich ein Teil des Gitters zur Seite schieben ließ. Sie zog einen kleinen Hebel zurück und öffnete das Fenster. Sofort streckte Daylight ihr den Kopf entgegen. Corinna streichelte ihr das Gesicht und den langen, weichen Hals. Auch Daylight

---

1 **What's the matter with you?** Was ist mit dir los?

2 **Are you all right?** Ist bei dir alles in Ordnung?

schien das zu genießen. Doch plötzlich legte die Stute die Ohren nach hinten und rollte mit den Augen. Fast im gleichen Moment spürte Corinna, wie sich eine schwere Hand auf ihre Schulter legte. Der Griff war hart und schmerzvoll. Corinna zuckte zusammen und fuhr herum. Ian, der Pferdepfleger, stand vor ihr.

"Are you crazy?", fuhr er sie an. "This horse …", Ian knallte das Fensterchen zu, "… is very dangerous. She bites, and she likes to **kick**[1] anyone who **gets close**[2] to her."

"Are you sure?", wunderte sich Corinna.

Wortlos krempelte Ian sein Hosenbein hoch und wies auf eine dicke, blaue Schwellung am Schienbein. "**See for yourself**[3]!", knurrte er.

Corinna betrachtete die Schwellung mit weit aufgerissenen Augen. Dann wandte sie sich erneut Daylight zu. Die Stute stand wieder dicht an den Gitterstäben und versuchte Corinna ihre Nüstern entgegenzustrecken. Das war irgendwie sonderbar.

Plötzlich hörte Corinna Stimmen vor dem Stall. Sie kamen rasch näher und kurz danach betraten Daniel und Andrew Welsh die Stallgasse.

"**What's going on?**[4]", erkundigte sich der Dressurreiter und sah ein bisschen verärgert aus.

---

1 **kick** treten

2 **gets close** nahe kommt

3 **See for yourself.** Überzeuge dich selbst.

4 **What's going on?** Was ist hier los?

"She **tried**[1] to stroke the Appaloosa, but I **warned**[2] her not to. I **showed**[3] her my **bruises**[4]."
Andrew Welsh trat näher, warf einen Blick auf Daylight, dann zu Corinna hinüber.
"**I wonder**[5] **what's got into her**[6]", sagte er dann. "She's really a difficult horse. She kicked Ian and Craig **when**[7] they tried to get her **out of**[8] the trailer, and we **had**[9] **great**[10] **difficulties**[11] taking her back to the stable." Wieder wanderte sein Blick zwischen Corinna und Daylight hin und her. "But she seems to like you."
"She does! Really!", erwiderte Corinna. Und noch bevor Andrew irgendwelche Einwände machen konnte, hatte sie das kleine Fensterchen wieder geöffnet. Begeistert streckte Daylight ihre Nase heraus und Corinna streichelte sie zärtlich.
"**Incredible**[12]", murmelte Andrew. "A couple of hours **ago** she **was behaving**[13] like a tiger in a cage."

---

1 **tried** hat versucht
2 **warned** habe gewarnt
3 **showed** habe gezeigt
4 **bruises** blaue Flecken
5 **I wonder** ich frage mich
6 **what's got into her** was in sie gefahren ist
7 **when** als
8 **out (of)** raus (aus)
9 **had** hatten
10 **great** groß
11 **difficulties** Schwierigkeiten
12 **incredible** unglaublich
13 **was behaving** hat sich benommen

"Let me try to go to her!", bat Corinna.
"Okay, try your **luck**[1]!", brummte der Dressurreiter. "But be **careful**[2]."
Corinna ließ sich das nicht zweimal sagen. Sie öffnete die Boxentür, schlüpfte in die Box und zog die Tür hinter sich zu. Sofort wandte sich Daylight ihr zu, beugte sich zu ihr hinunter und knabberte an ihren Haaren. Corinna lachte und streichelte dem Pferd liebevoll übers Auge.
"Hi", sagte sie zärtlich. "Nice to see you again."
Daylight beugte sich tiefer. Man sah ihr an, dass sie es genoss, von Corinna gestreichelt zu werden.
"Amazing", murmelte Andrew und reichte Corinna ein Halfter durch die Gitterstäbe. "Take this and try to **put** it **on**[3] her."
Wieder streichelte Corinna das schöne Pferd. Dann zeigte sie Daylight das Halfter. "Look what I've got in my hand", sagte sie mit ruhiger Stimme. Daylight schnupperte daran. "I'm going to pull it over your head", fuhr Corinna fort. Und dann, mit langsamen Bewegungen, streifte sie Daylight das Halfter über. Die Stute ließ es sich in aller Ruhe gefallen.
"**Damn!**[4] This girl's a witch!", murmelte Ian und grinste über seine schiefen Vorderzähne.

---

1 **luck** Glück
2 **careful** vorsichtig
3 **put on** anlegen
4 **Damn!** Verdammt!

Andrew starrte sie immer noch fasziniert an. "Will you try to bring her out?", wollte er wissen.
Corinna nickte.
"But be careful. If she tries to run away, **let go**[1] of the **halter**[2] **immediately**[3]. She can't run **far**[4]. The **gate**[5]'s closed." Mit diesen Worten trat Andrew zur

1 **let go** lass los
2 **halter** Halfter
3 **immediately** sofort
4 **far** weit
5 **gate** Tor

Box und schob die Tür so leise wie möglich zur Seite. Daylights Ohren bewegten sich unruhig in alle Richtungen.
“Let’s go for a walk, shall we?”, flüsterte Corinna ihr zu. Und dann geschah das größte Wunder des Tages: Daylight folgte ihr voller Vertrauen, wie ein großer Hund. Mit weit ausladenden Schritten ging sie neben Corinna die Stallgasse entlang und ließ sich von ihr auf den Hof führen.
“Take her to the **riding arena**[1]!”, ordnete Andrew Welsh an.
Corinna schlug den Weg zur Reithalle ein. Daylight folgte ihr. Dort angekommen, ging Corinna mit ihr eine große Runde durch die Halle. Sie ließ Daylight Schlangenlinien und Volten spazieren und führte sie zuletzt sogar über ein kleines Cavaletti.
„I don’t believe it!“, murmelte Ian. “She’s a **completely**[2] **different**[3] horse.”

Als Corinna Daylight eine Stunde später in die Box zurückgebracht und mit einem großen Apfel belohnt hatte, war sie so glücklich wie noch nie in ihrem Leben. Sie spürte, dass ihr eine wundervolle Freundschaft geschenkt worden war.

---

1 **riding arena** Reithalle
2 **completely** vollkommen
3 **different** anderes

"What's your name again?", erkundigte sich Andrew, als sie aus der Box trat.
"Corinna Steffens."
Andrew sah sie misstrauisch an. "Are you here on holiday?"
"No", erklärte Corinna. Sie warf Daniel einen unsicheren Blick zu. Wie in aller Welt sollte sie erklären, wer sie war und was sie hier machte?
"I'm Daniel Garland, Mr Welsh", stellte sich Daniel vor. "We **met**[1] this morning, when you **picked up**[2] Daylight at Greenland Farm. It's my father's farm. My father and her mother **fell in love**[3] with each other, so she and Corinna have come to live with **us**[4]."
Der Dressurreiter drehte sich zu Corinna um und sah sie etwas freundlicher an.
"You're very **welcome**[5] at my farm", sagte er. "And if you want to, you may **take care of**[6] Daylight."
"Oh, thank you very much", rief Corinna gerührt. "**I'd love to**[7]!"

---

1 **met** haben uns getroffen
2 **picked up** haben abgeholt
3 **fell in love** haben sich verliebt
4 **us** uns
5 **welcome** willkommen
6 **take care of** um … kümmern
7 **I'd love to.** Das würde ich liebend gerne tun.

Working at Woolstone Manor

Natürlich musste Corinna noch ihre Mutter um Erlaubnis bitten, doch als diese sah, wie glücklich Corinna war, hatte sie keine Einwände gegen den Ferienjob. Jeden Tag radelte Corinna nun zum Reiterhof hinüber. Sie mistete die Boxen aus, half beim Füttern und putzte die Pferde. Besonders gerne aber beschäftigte sie sich mit Daylight.

"It **would be**[1] nice for Daylight to go out in the paddock every day", versuchte sie Andrew Welsh zu überreden. "I'm sure it'll help her relax."

"But who'll take her back to the stable?", brummte er verärgert. "She won't let anyone near her **except**[2] you."

"Well, I promise to be here every day", versprach Corinna. "**Until**[3] school **starts**[4], **anyway**[5]", fügte sie nach kurzem Nachdenken hinzu.

"Okay, **it's worth a try**[6]", meinte Andrew nach einer Weile. "But you have to keep your **promise**[7]. It's a hard job, coming every day!"

---

1 **would be** wäre
2 **except** außer
3 **until** bis
4 **starts** anfängt
5 **anyway** jedenfalls
6 **It's worth a try.** Es ist einen Versuch wert.
7 **promise** Versprechen

“I love it”, strahlte Corinna.
Dann ging sie zu Daylight und führte sie auf die Koppel. Die Stute war begeistert. Mit wilden Sprüngen jagte sie über die Weide, rannte von einem Zaunende zum anderen. Dann begann sie zu grasen. Corinna ließ sich auf dem Gatter nieder und schaute ihrem Pflegepferd zu. Dort auf der Wiese wirkte Daylight so viel gelassener als im Stall. Sie war eben ein junges Pferd, das noch viel Bewegung brauchte.
Als sich Corinna umdrehte, sah sie, wie Ian an der Stalltür lehnte und sie aufmerksam betrachtete. Er sah verärgert aus.
“Are you ready?”, fuhr er sie an. “There’s a lot **more**[1] **work**[2] to do. All the boxes have to be mucked out, and afterwards you can **clean**[3] the **saddles**[4] and **bridles**[5] in the **tack room**[6].”
Corinna spürte, wie sie innerlich vor Wut zu kochen begann. “I think that’s your work”, hätte sie ihm gerne entgegnet. Aber das traute sie sich nicht. Sie wollte es sich nicht gleich mit ihm verscherzen. “Okay”, sagte sie darum so höflich wie möglich.

---

1 **more** mehr
2 **work** Arbeit
3 **clean** putzen
4 **saddles** Sättel
5 **bridles** Zaumzeug
6 **tack room** Sattelkammer

Ian grinste. Dann nahm er seinen Kaffee, schlurfte zur Bank hinüber und setzte sich in die Sonne.

"Hoffentlich verbrennt er sich die Zunge", murmelte Corinna verärgert. Aber es half ja nichts. Ein Pferd nach dem anderen führte sie in die Stallgasse und mistete die Boxen aus. Barry, das fuchsfarbene British Sport Horse, und Patina, die braune Cleveland Bay Stute, waren nicht in ihren Boxen. Sicherlich wurden sie gerade geritten. Zu gerne hätte Corinna beim Training zugesehen, aber sie traute sich nicht, die Arbeit zu unterbrechen.

Als hätte er ihre Gedanken gelesen, kam Ian die Stallgasse entlang. Missmutig schaute er ihr dabei zu, wie sie die letzte Box ausmistete. Dann machte er eine Kopfbewegung zur Sattelkammer hinüber. "The bridles …"

"I know", fiel ihm Corinna ins Wort. "I'll do them now."

"That's what I **was going to**[1] say", erwiderte Ian.

Corinna führte das letzte Pferd in seine Box zurück und ging dann zur Sattelkammer hinüber. Dort sah es unglaublich unordentlich aus. Die Sättel und das Zaumzeug waren schon eine ganze Weile nicht mehr geputzt worden. Aber wo waren die Pflegemittel?

Corinna blickte sich in den Regalen um. In einem Fach fand sie eine Dose mit Lederfett. Ob es wohl

---

1 **was going to** wollte

irgendwo einen Lappen gab, mit dem sie es einreiben konnte?

Corinna öffnete eine Schranktür und kramte in dem Schrank herum. Hinten in der Ecke lag ein Stück Stoff. Sie zog es heraus und betrachtete es. Was das wohl war? Es sah aus wie die Maske eines Pferdes, wie sie bei Ritterspielen manchmal getragen wurden. Nur hatte die Maske keine Augenlöcher. Im Gegenteil, die Augenlöcher waren mit schwarzem Stoff zugenäht. Verwundert drehte Corinna die Maske in ihren Händen hin und her. Wozu sollte das gut sein?

Plötzlich hörte Corinna einen Laut hinter sich. Sie fuhr herum. Ian stand in der offenen Tür.

"Why **are** you **snooping around**[1] and **sticking your nose in**[2] things **that are none of your business**[3]?", fuhr er sie an.

Corinna schluckte. "I'm looking for a **cloth**[4] to clean the saddles."

Ian griff in den Schrank und zog ein Tuch aus einer Ecke. "Take this!", knurrte er.

"Thanks." Corinna nahm das Tuch. Sie öffnete die Dose mit dem Sattelfett und begann damit, den ersten Sattel zu reinigen. Ian stand immer noch in der Tür und ließ sie nicht aus den Augen.

---

1 **are snooping around** schnüffelst herum

2 **are sticking your nose in** steckst deine Nase in

3 **that are none of your business** die dich nichts angehen

4 **cloth** Tuch

LUCKY FURY
PON
TOOTH
SHINEY
PUZZLE 45
APPALOO
MUSTA
NEDDE
GREAS

"Ian", wagte Corinna schließlich zu sagen. "Do you know what this is for?" Sie zog die Maske erneut aus dem Schrank und zeigte sie Ian.
"It's a **mask**[1]", erwiderte Ian und seine Augen waren dabei schmal geworden. "**So what?**[2]"
"But what's it for?", hakte sie nach.
"It's used for horses **with poor eyesight**[3]", erklärte Ian missmutig. "That's **enough**[4] questions from you. It's none of your business. Just do the saddles!"
Corinna verkniff sich einen Kommentar. Aber kaum hatte Ian die Sattelkammer verlassen, ließ sie das Tuch sinken und nahm die Maske erneut in die Hand. Warum sollte man einem Pferd die Augen verbinden, wenn es eh schon nicht gut sah? Geriet es dann nicht in Panik? Und warum hatte sich Ian so aufgeregt, als sie danach gefragt hatte?
Leise stand Corinna auf und ging erneut zum Schrank hinüber. Vielleicht gab es hier ja noch mehr Sachen, die ihr nicht ganz geheuer waren.
Da, hinten in der Ecke lagen lange elastische Bänder, dünner als eine Wäscheleine. Corinna betrachtete sie nachdenklich.
Plötzlich hörte sie Schritte. Jemand führte ein Pferd

---

1 **mask** Maske
2 **So what?** Na und?
3 **with poor eyesight** die schlecht sehen
4 **enough** genug

über den Hof. Corinna lauschte. Es war Craig und er schien genauso schlecht gelaunt zu sein wie Ian. "**Stupid**[1] **beast**[2]!", fluchte er. "He's **as thick as two short planks**[3]."

"**You said it**[4]", hörte sie nun Ians Stimme. "Silly and **lazy**[5], that's what he is. I don't believe Andrew'll win anything with him."

Hastig legte Corinna die Bänder in den Schrank zurück. Dann wagte sie sich auf die Stallgasse hinaus. Sie nickte Craig zu. "Hi", sagte sie so unbeschwert wie möglich. "Any problems with the horses?"

"Yes!", knurrte Craig und zeigte mit dem Kopf auf Barry. "He's a complete idiot. Always tries **to get his own way**[6]."

Corinna blickte Barry an und erschrak. Sein Fell war klatschnass. Nervös schnaubend stand er neben Craig. "What happened to him?", fragte Corinna. "He seems **terribly**[7] **worked up**[8]." Sie strich ihm über den Hals. Barry zuckte zusammen und riss den Kopf in die Höhe. "And why's he so **nervous**[9]?"

---

1 **stupid** dumm
2 **beast** Vieh
3 **as thick as two short planks** strohdumm
4 **You said it.** Und ob.
5 **lazy** faul.
6 **to get his own way** seinen Willen durchzusetzen
7 **terribly** furchtbar
8 **worked up** aufgeregt
9 **nervous** nervös

"He's not worked up, and he's **not** nervous, **either**[1]", fuhr Craig sie an. "He **was practising**[2] **some**[3] dressage figures, that's all."
"But why …", begann Corinna erneut. Aber als sie die finstere Miene der beiden Pferdepfleger sah, brach sie ab.
Craig führte den Wallach in seine Box und nahm das Halfter ab. "Sorry, Barry, there'll be no hay for you", sagte er hämisch. "If you want hay you'll have to work **much**[4] harder."
Er schloss die Boxentür mit einem Knall. Dann wandte er sich an Corinna: "**Rub** him **down**[5]. We don't want **him to catch a cold**[6]." Dann verließ er mit schnellen Schritten die Stallgasse.
Corinna ließ sich nicht zweimal bitten. Rasch schlüpfte sie in Barrys Box und fing an, ihn zunächst mit etwas Stroh abzureiben. Dann holte sie eine Abschwitzdecke aus der Sattelkammer und legte sie ihm über. Dabei redete sie beruhigend auf den Wallach ein. Sie hatte großes Mitleid mit ihm. Was hatte er bloß getan, dass alle so sauer auf ihn waren?

---

1 **not either** auch nicht
2 **was practising** hat geübt
3 **some** ein paar
4 **much** viel
5 **rub down** reib ab
6 **him to catch a cold** dass er sich erkältet

Unangenehme Entdeckungen

Als Corinna einige Stunden später auf Greenland Farm zurückkehrte, war sie immer noch völlig durcheinander. Das Auto ihrer Mutter stand noch nicht im Hof. Das war schade. Zu gerne hätte Corinna mit ihr über ihre Entdeckung geredet.

Laut bellend sprang ihr Anouk, die schwarz-weiße Mischlingshündin, entgegen. Corinna umarmte sie. "Hi, Anouk. How was your day?"

Auch Daniel schaute aus dem Stall.

"Corinna?", rief er und winkte ihr zu. "**Thank God**[1] you're back. There's so much work to do. Sunny and Queen **have to be fed**[2], one of the cats has had three **kittens**[3], and Darth Vader **ran away**[4], but I **found**[5] him. Rick isn't **at home**[6], and **neither**[7]'s your mum."

Corinna war zwar hundemüde von ihrer Arbeit auf Woolstone Manor, aber es stand außer Frage, dass sie Daniel helfen würde. Sie führte die Pferde in den Stall und fütterte sie, schaute nach den neugeborenen Kätzchen und brachte den Ziegen frisches Wasser. Bald kehrte Ruhe auf dem Hof ein.

---

1 **Thank God** Gott sei dank
2 **have to be fed** müssen gefüttert werden
3 **kittens** Kätzchen
4 **ran away** ist weggelaufen
5 **found** habe gefunden
6 **at home** zu Hause
7 **neither** auch nicht

Daniel setzte sich auf die Futterkrippe in Queens und Sunnys Box und ließ die Beine baumeln. "Thank you", sagte er. "I'm terribly **disorganized**[1], **I'm afraid**[2]. If there are more than two things to do, I get **totally**[3] **confused**[4] and **don't get anything done at all**[5]."
Corinna lachte. Sie stützte sich auf den Besen und betrachtete den erschöpften Daniel. "Relax", sagte sie. "I can help you."
Eine Weile schwiegen sie.
"Daniel", begann Corinna schließlich. "I **discovered**[6] something strange at the stables today. When I was in the tack room, I found a **funny**[7] piece of cloth. It looked like one of those masks they **used to put on**[8] horses in the **Middle Ages**[9], but it didn't have any holes for the eyes."
Daniel runzelte die Stirn. "A mask with no holes for the eyes?" Er überlegte einen Moment lang. "I've never seen **such a thing**[10]. What's it for?"

---

1 **disorganized** chaotisch
2 **I'm afraid** fürchte ich
3 **totally** total
4 **confused** durcheinander
5 **don't get anything done at all** schaffe überhaupt nichts
6 **discovered** habe entdeckt
7 **funny** komisch
8 **used to put on** übergezogen haben
9 **Middle Ages** Mittelalter
10 **such a thing** so was

“Ian **told**[1] me they needed it for horses with poor eyesight”, klärte sie ihn auf.
Daniel zuckte die Schultern. “Poor eyesight? What does he **mean**[2]? There are some **illnesses**[3] that can **cause**[4] poor eyesight, but if your horse has one of **those**[5] you need a **vet**[6], not a mask.”
Corinna stellte den Besen zur Seite und setzte sich neben Daniel auf die Futterkrippe. Queen kam zu ihr und rieb ihren Kopf an ihrer Schulter. Corinna streichelte die Stute.
“These horses are so happy here”, meinte sie. “At Woolstone Manor the horses **are** always **kept**[7] in the stable. And when Andrew **trains**[8] them they’re really nervous afterwards.”
Schweigend sahen sie den Pferden beim Fressen zu. “They love their hay”, bemerkte Corinna. “At Woolstone Manor, if a horse doesn’t behave well, he doesn’t get any hay”, fuhr sie fort.
Daniel stützte sich auf seine Heugabel und sah Corinna nachdenklich an. “**Sounds**[9] very strange”, sagte er

1 **told** hat gesagt
2 **mean** meint
3 **illnesses** Krankheiten
4 **cause** verursachen
5 **those** denen
6 **vet** Tierarzt, Tierärztin
7 **are kept** werden gehalten
8 **trains** trainiert
9 **sounds** klingt

schließlich. "Horses are animals, not **machines**[1]. You have to **treat**[2] them well, **otherwise**[3] they **become**[4] **vicious**[5]."
Corinna dachte nach. "But they are. Daylight bites and kicks. Not me, but Ian and Craig. And Barry's vicious, too – Craig said so, anyway."
"**Do you remember**[6] the video?", fragte Daniel. "When Andrew was riding at the **championship**[7]?
"Yes, I remember", nickte Corinna.
"Perhaps Andrew Welsh doesn't treat his horses well", überlegte Daniel.
"Oh, I'm sure he does", wandte Corinna ein. "He's a famous rider. He knows how to treat horses."
"**I hope so**[8]", nickte Daniel. "I hope so, for you and for his horses."

Es war niemand auf dem Gut zu sehen, als Corinna am nächsten Tag mit ihrem Rad dort ankam. Sie ging zu Daylight und begrüßte ihr Pflegepferd liebevoll. Dann brachte sie es auf die Koppel.
Danach schaute sie sich in den Ställen um. Patina, die

---

1 **machines** Maschinen
2 **treat** behandeln
3 **otherwise** ansonsten
4 **become** werden
5 **vicious** bissig
6 **do you remember** erinnerst du dich (an)
7 **championship** Meisterschaft
8 **I hope so.** Das hoffe ich.

braune Cleveland Bay Stute, war nicht in ihrer Box. Wahrscheinlich hatte Andrew begonnen, sie für die Weltmeisterdressur fit zu machen. Corinna schlich zur Reithalle hinüber und lauschte. Sie erkannte Ians tiefe Stimme. Und dann sprach Craig. Danach redete Andrew. Seine Stimme klang hart und unfreundlich. Und nun wieherte ein Pferd. Laut und durchdringend. Himmel, was machten sie dort bloß? Corinnas hatte Mühe zu atmen. Ob sie es wagen sollte, einfach einmal in die Halle zu schauen? Andrew hatte strikt verboten, ihn bei der Arbeit zu stören. Aber vielleicht konnte Corinna eine Ausrede finden. Vielleicht konnte sie in die Halle gehen und fragen, ob sie ein bisschen Bodenarbeit mit Daylight machen sollte. Ja, das war eine gute Idee.
Zaghaft klopfte Corinna an die schwere Holztür. Von drinnen kam keine Antwort. Vorsichtig öffnete sie die Holztür und blickte durch den entstandenen Spalt. Ein breiter Rücken versperrte ihr die Sicht. Craig stand direkt vor ihr.
“Excuse me”, begann Corinna zaghaft. “I wanted to ask …”
Der breite Rücken vor ihr flog herum und Corinna schaute in zwei funkelnde grüne Augen. “What are you doing here?”, raunte Craig ihr zu.
Corinna linste an ihm vorbei in die Halle. Dort sah sie Ian auf einem Pferd sitzen. Andrew stand hinter dem Pferd und ließ eine Reitpeitsche durch die Luft sausen. Das Pferd war zweifellos Patina. Sie hatte einen Sattel

auf dem Rücken, an dem seltsame Gummibänder befestigt waren. Diese Bänder führten über ihren Rücken bis zu ihren Hufen. Irgendwie sah das schrecklich aus. Mit einem Satz stürzte Corinna an Craig vorbei und lief auf Patina zu.

"What's going on?", fragte sie aufgeregt und zeigte auf die Gummibänder. "Why is she wearing these strange **straps**[1]?" Fragend drehte sie sich zu Andrew um. Der sah mit einem Mal furchtbar wütend aus.

"What's the girl doing here?", rief er. "**Get her out!**[2] **At once**[3]!"

"But what …", begann Corinna erneut. Aber Craig war schon bei ihr, packte sie am Kragen ihrer Weste und zerrte sie aus der Reithalle.

1 **straps** Bänder
2 **Get her out!** Schafft sie raus!
3 **at once** sofort

"Didn't you hear what Andrew said? **Get out!**[1]", schrie er. "Andrew **must not be disturbed**[2] **during**[3] his work. He needs **silence**[4]. Total silence." Er schob sie auf den Hof. Dann schüttelte er sie. "Do you understand?", brüllte er.
"Yes", sagte Corinna. Sie versuchte ihren Herzschlag wieder unter Kontrolle zu bekommen. "Yes, I understand."
"Thank God for that!", fuhr Craig fort. "Don't ever come into the arena again **unless we ask you to**[5]."
Mit diesen Worten ließ Craig von ihr ab, drehte sich abrupt um und verschwand wieder in der Reithalle. Die Tür zog er hinter sich fest ins Schloss.
Corinnas Herz schlug ihr noch immer bis zum Hals. Was hatte sie getan, dass sich alle so furchtbar aufregten? Warum hatte Patina diese seltsamen Bänder an den Beinen? Was machten sie mit ihr?
Immer noch stand Corinna auf dem Hof und rührte sich nicht. Sie hatte Mühe, ihr klopfendes Herz unter Kontrolle zu bekommen. Aus der Reithalle drangen erneut die gleichmäßigen Hufschläge eines Pferdes.
"Hi", hörte Corinna nun eine Stimme hinter sich. Es

---

1 **Get out!** Raus!
2 **must not be disturbed** darf nicht gestört werden
3 **during** *hier:* bei
4 **silence** Ruhe
5 **unless we ask you to** wenn wir dich nicht darum bitten

war Sally, die junge Pferdepflegerin. Corinna hatte noch nicht viel mit ihr geredet.

"Hi", antwortete sie und bemühte sich zu lächeln.

"What's happened to you?", wollte Sally wissen. "You look very **pale**[1] today."

Corinna nickte. "I don't **feel**[2] well", sagte sie dann. Einen Moment zögerte sie, dann beschloss sie Sally ins Vertrauen zu ziehen. "I went into the riding arena. But Andrew got very angry. He didn't like being disturbed."

"Oh, I know." Sally lächelte. "He hates it – he can get very angry when that happens." Sie beobachtete Corinna aufmerksam. "What was he doing, anyway?"

"Ian was riding Patina", erzählte sie. "And Patina was wearing these straps that **attached**[3] her **hooves**[4] to the saddle. Do you know what they're for?"

"Yes, of course", nickte Sally. "It's a trick to teach horses to **lift**[5] their legs."

"To lift their legs?", wunderte sich Corinna."I've never heard of this **method**[6] before."

"That's because you've never worked for an international **champion**[7]." Sally lächelte. "They have to teach

1 **pale** blass
2 **feel** fühle mich
3 **attached** festgebunden haben
4 **hooves** Hufe
5 **lift** heben
6 **method** Methode
7 **champion** Meister(in)

the horses in a **special**[1] way. This method helps them to train the horses' **sinews**[2] and **joints**[3]."

"Isn't it enough to ride them in small circles?"

"He does that too", erklärte Sally. "But to please the **jury**[4] at a championship it's **important**[5] to show **a horse with high action**[6]."

"I see." Corinna nickte.

"It's not dangerous, Corinna", tröstete Sally. "Patina **isn't in pain**[7]. It's just **a little**[8] **uncomfortable**[9] for her. But it helps her learn how to **perform well**[10]."

Corinna war erleichtert. Es klang wirklich alles halb so wild. Vielleicht war sie nur so empfindlich, weil ihr Daniel so große Angst gemacht hatte.

"Let's go to the paddock", forderte Sally sie auf. "Ian asked me to start Daylight's training. Will you help me with it? She seems to **trust**[11] you."

"Of course. I'd love to." Corinna strahlte.

Und dann versuchte sie, ihre Sorgen zu vergessen.

---

1 **special** besondere
2 **sinews** Sehnen
3 **joints** Gelenke
4 **jury** Preisgericht
5 **important** wichtig
6 **a horse with high action** ein Pferd, das die Beine sehr hoch hebt
7 **isn't in pain** hat keine Schmerzen
8 **a little** ein wenig
9 **uncomfortable** unbequem
10 **perform well** eine gute Leistung bringen
11 **trust** vertrauen

Gutes Training

"Okay, Daylight, just **follow**[1] me. Good girl!" Langsam führte Corinna die junge Appaloosastute über den Reitplatz, leitete sie an Hindernissen vorbei, ging mit ihr Volten und Schlangenlinien. Dann zeigte ihr Sally, wie man ein Pferd mit Hilfe der Gerte seitwärts gehen ließ, und auch das verstand Daylight sofort. Sogar beim Rückwärtsrichten war sie sehr aufmerksam.

"She's a very clever horse", lobte Sally, "and she **obviously**[2] trusts you."

Corinna freute sich über das Lob und klopfte Daylight liebevoll die Schulter. "Shall I try to make her trot?", fragte sie.

"Good idea!" Sally nickte. "But **watch out**[3]. Never let her go faster than you. She has to stay by your side. And give the **commands**[4] in a **clear**[5], loud **voice**[6]."

Corinna nickte. "Trot", rief sie.

Daylight drehte die Ohren in ihre Richtung und schaute sie aufmerksam an.

"Trot", rief Corinna noch einmal. Mit der Gerte in der rechten Hand, dem Halfter in der linken, tippte sie

---

1 **follow** folge
2 **obviously** offensichtlich
3 **Watch out.** Pass auf.
4 **commands** Befehle
5 **clear** klar
6 **voice** Stimme

die Stute sanft gegen die Hinterhand. Dann lief sie selbst los. Daylight verstand. Mit wilden Galoppsprüngen jagte sie neben Corinna her.
"Stop!", rief Corinna und hielt an. Da blieb Daylight sofort neben ihr stehen. Corinna streichelte sie. "Not so fast", sagte sie. "Take your time. Don't go faster than me. Okay?"
Daylight sah sie aufmerksam an. Sally lachte. "It looks as if she can understand you", sagte sie. "Try again, Corinna. I'm sure she'll do what you told her to."
"Trot", rief Corinna wieder und setzte sich selbst in Bewegung. Wieder lief die Stute neben ihr her, doch nun blieb sie mit Corinna auf einer Höhe. Die beiden liefen über den Reitplatz, sie rannten Volten und Schlangenlinien, wechselten die Seiten und wiederholten das Trainingsprogramm. Es war, als hätte Daylight in ihrem Leben nichts anderes gemacht als Bodenarbeit mit Corinna.
"It's incredible", staunte Sally. "She's behaving **almost**[1] like a dog."
Corinna blieb japsend stehen, und als auch Daylight sofort anhielt, umarmte sie sie liebevoll. "You're a wonderful horse!", rief sie. "The horse of my **dreams**[2]."

---

1 **almost** fast
2 **dreams** Träume

Plötzlich legte Daylight die Ohren nach hinten und schaute auf einen Punkt in der Ferne. Corinna drehte sich um. Craig und Ian waren am Reitplatz erschienen und sahen zu ihr herüber.
"Ian, Craig!", rief Sally. "You won't believe what just happened. Corinna **taught**[1] Daylight to follow her and trot all around the riding arena. It was amazing."
"Let's see", forderte Ian Corinna auf.
Corinna sah Daylight an. Die Stute hatte noch immer die Ohren angelegt.
"Okay", sagte Corinna zögernd und tippte Daylight mit der Gerte leicht an die Hinterhand. "Come on, girl. Let's show them what you've learned today."
Aber Daylight rührte sich nicht vom Fleck. Es sah aus, als hätte sie große Angst vor den beiden Pferdepflegern.
"I think it may be better for Daylight if you hide inside the stable", schlug sie vor. "You can watch through the window."
Ian and Craig sahen sich an und grinsten. "That'll be a strange dressage show, if everybody has to hide **when it's Daylight's turn**[2]", spottete Ian.
"Please go", forderte nun auch Sally die beiden Männer auf. "The horse really got nervous when she saw you two."

---

1 **taught** hat beigebracht
2 **when it's Daylight's turn** wenn Daylight an der Reihe ist

Ian und Craig brummten verärgert. Aber ihre Neugierde war schließlich stärker, und so versteckten sie sich im Stall und sahen durchs Fenster zu.
Kaum waren sie verschwunden, verwandelte sich Daylight wieder in das freundliche und aufmerksame Pferd der letzten Stunden. In aller Ruhe lief sie neben Corinna her und bot den Pferdepflegern eine geniale Show.
“Fine”, hörte Corinna Ians heisere Stimme, als sie fertig war. “I think it’s time for you to get on her back tomorrow.”

Die nächsten Tage verbrachte Corinna damit, Daylight zu reiten. Die Stute war schon seit einem Jahr an Sattel und Zaumzeug gewöhnt. Trotzdem gab es immer wieder Momente, in denen sie sich gegen die Kommandos auflehnte. Mit Corinna verlief das Reiten anders. Fast schien es, als passte Daylight auf Corinna auf, wenn diese auf ihr saß. Vorsichtig trug sie das Mädchen durch die Halle, lauschte ihren Hilfen und befolgte sie mit großer Aufmerksamkeit.
“It’s as if she’s just been waiting for you all these months”, sagte Sally. “She’s a different horse **when**[1] she’s with you.”
Corinna war überglücklich. Am nächsten Tag baute sie einen großen Gelassenheitsparcours für Daylight auf

1 **when** wenn

dem Außenreitplatz auf. Sie stellte ein Tor mit Flatterbändern auf, legte eine große, blaue Plane zwischen zwei Stangen und platzierte Autoreifen und Cavalettis auf dem Platz. Daylight schien diese Art von Spielen besonderen Spaß zu machen. Neugierig schnupperte sie ausgiebig an der Plastikplane.
"Follow me", lockte Corinna die Stute und trat selbst auf die Plane. Es knisterte. Daylights Ohren spielten und sie blieb vorsichtig. Doch dann siegte ihre Neugierde und sie trat näher heran, stellte sich schließlich neben Corinna auf die Plane. Auch die Flatterbänder machten ihr zunächst Angst, doch als Corinna selbst durch den Torbogen ging, schritt sie schließlich voller Vertrauen hinter ihr her.
Sally kam herüber und sah ihr bei der Arbeit zu. "That's a great idea", lobte sie. "It teaches her **confidence**[1] and **calm**[2] – that's what a **show horse**[3] needs."
"That's why I **did**[4] it", erklärte Corinna. "You know, I really want to help you train her to be a wonderful **dressage horse**[5]."
Plötzlich spitzte Daylight die Ohren und drehte sie nach hinten. Corinna schaute sich um, aber niemand war zu sehen.

---

1 **confidence** Vertrauen
2 **calm** Gelassenheit
3 **show horse** Turnierpferd
4 **did** habe gemacht
5 **dressage horse** Dressurpferd

“**What’s up**[1], Daylight?”, wunderte sie sich. “Ian and Craig aren’t here. Don’t be afraid!”
Aber Daylight stand wie angewurzelt. Unruhig war ihr Blick in die Ferne gerichtet. Dann warf sie plötzlich den Kopf nach hinten und wieherte laut. Corinna lauschte. Ja, jetzt hörte sie es auch. Aus der Reithalle auf der anderen Seite des Hofes war ebenfalls ein leises Wiehern zu hören. Es klang unglücklich.
“Oh, Daylight, there’s nothing to be afraid of”, versuchte Corinna die Stute zu beruhigen. “It’s just another horse in the hall. It’s probably being trained.” Doch der Gedanke an die Gummibänder beunruhigte auch sie.
In diesem Augenblick kam Andrew Welsh über den Hof gelaufen. “**What are you up to?**[2]”, fragte er und seine Stimme klang ein bisschen verärgert. “What’s going on here?”
“She’s trying to teach Daylight confidence and calm”, erklärte Sally. “Good **characteristics**[3] for a show horse, don’t you think?”
Andrew brummte etwas, das Corinna nicht verstand. Besonders freundlich hörte es sich jedoch nicht an.
“Show him what you taught her”, forderte Sally sie auf.

---

1 **What’s up?** Was ist los?
2 **What are you up to?** Was macht ihr da?
3 **characteristics** Eigenschaften

Corinnas Herz klopfte. Sie warf einen Blick auf Daylight. Die Stute sah ruhig und zugewandt aus. "Okay, let's go, Daylight", flüsterte sie ihr zu. "Please don't make me look a fool!"
Aber Daylight dachte überhaupt nicht daran, Corinna zu blamieren. Auf ihr Kommando setzte sie sich in Bewegung, ging ruhig über das Cavaletti, stellte sich neben Corinna auf die große Plane, schritt in Schlangenlinien um die Autoreifen und spazierte zum Abschluss gelassen durch das Flattertor.
"And now, trot", sagte Corinna mit klarer Stimme, tickte Daylight mit der Gerte an die Hinterhand und lief los. Das ließ sich Daylight nicht zweimal sagen. Aufmerksam und auf Schulterhöhe trabte sie neben dem Mädchen her und passierte den Parcours noch einmal. Auf der Plane blieb Corinna stehen. Auch Daylight neben ihr stoppte. Dann verneigte sich Corinna, wie sie es bei einem Turnier gelernt hatte, und Daylight senkte den Kopf.
Sally lachte und klatschte Beifall. "Wonderful, isn't it, Andrew? They're a good team."
Andrew sagte nichts, aber seinem Gesichtsausdruck war zu entnehmen, dass er nicht wenig überrascht war. Er trat näher an den Zaun heran. "**Mount her!**[1]", sagte er. "Mount her and ride her round once more!"
Corinnas Herz klopfte. Dann saß sie auf.

1 **Mount her!** Aufsitzen!

Daylight zeigte keine Veränderung. In aller Ruhe ließ sie sich von Corinna durch den Parcours lenken und durchschritt alle Hindernisse mit großer Gelassenheit. Als Corinna erneut auf der Plane angekommen war, wagte sie selbst mehr.
Vorsichtig lenkte sie Daylight auf die lange Bahn und richtete sich leicht in den Steigbügeln auf. Die Stute verstand sofort und trabte an. Sie trabten zwei Runden links und rechts herum, dann lenkte Corinna das Pferd in Schlangenlinien durch die Reifen. Daylight zeigte keine Furcht. Zuletzt steuerte Corinna wieder die Plane an. Die Plane raschelte laut, als Daylight darüber trabte, doch auch das schien sie nicht zu irritieren. Als Corinna die Stute vor Andrew durchparierte, sah sie, dass er beeindruckt war.
"**Well done**[1]", brummte er. "I'm quite **surprised**[2] at how **calm**[3] she is." Er schaute Corinna fest in die Augen. "I think you can help us train her to be a good dressage horse", sagte er dann. "But I have to warn you: there'll be a lot of work to do."
"**I'll be glad**[4] to help." Corinna strahlte.

---

1 **Well done.** Gut gemacht.
2 **surprised** überrascht
3 **calm** ruhig
4 **I'll be glad** ich freue mich

Ein herrlicher Ausritt

Am Abend schaffte es Corinna kaum, sich von Daylight zu trennen. Am liebsten hätte sie bei der Stute im Stall übernachtet. Sie schnitt Möhren und Apfelstückchen für Daylight zurecht und servierte sie ihr in einem Eimer mit Kraftfutter. Dann verriegelte sie die Boxentür und ließ sich dahinter neben Daylight ins Stroh fallen. Die Stute störte sich nicht daran. Sie genoss das Futter. Hin und wieder senkte sie den Kopf zu Corinna hinunter und ließ sich streicheln. Plötzlich hörte Corinna Geräusche in der Stallgasse.

"The **little**[1] girl does the job very well", hörte sie eine Stimme sagen.

Corinna lächelte. Es war nicht Andrews Art, sie zu loben. Umso schöner, dass sie hier hinter der Boxentür endlich mal erfuhr, was er von ihr hielt. Ja, sie machte ihren Job wirklich gut. Da gab es nichts zu meckern. Auch wenn er sie immer "little girl" nannte, als wäre sie erst fünf.

"Daylight **could**[2] be much better than Barry, with the right training", fuhr Ians Stimme fort.

"Yes, the girl has a **feel**[3] for horses", stimmte auch Craig zu. "She knows exactly how to handle the Appaloosa."

---

1 **little** kleine
2 **could** könnte
3 **feel** Gespür

Nun war es eine Weile still. Corinna rührte sich nicht vom Fleck. Zugegeben, es war nicht besonders höflich, dass sie hier saß und lauschte. Ihre Mutter hatte ihr beigebracht, dass sich so etwas nicht gehörte. Aber wenigstens hörte sie auf diese Weise einmal ein paar nette Dinge über sich, die diese Männer ihr direkt niemals gesagt hätten.

"I'm **considering**[1] riding Daylight at the next dressage **tournament**[2] on Dartmoor", hörte sie Andrew sagen.

"You'd **definitely**[3] have a good chance of winning", gab Craig zu.

Wieder schwiegen die Männer. Corinna fühlte sich plötzlich unwohl. Sie hatte das Gefühl, dass es etwas Unangenehmes zu besprechen gab. Und da kam es auch schon.

"We'd have to start the special training soon", sagte Craig und seine Stimme klang heiser.

"Right", stimmte Andrew zu.

Corinna zuckte zusammen. Ein Spezialtraining? Was hatte das zu bedeuten? Es hörte sich irgendwie bedrohlich an. Andererseits musste man sicherlich mit einem besonderen Training beginnen, wenn Daylight an einem Dressurturnier teilnehmen sollte. Das war klar. Trotzdem hatte Corinna ein unangenehmes Gefühl.

---

1 **am considering** erwäge es
2 **tournament** Turnier
3 **definitely** ganz bestimmt

Vielleicht lag es an der Art und Weise, wie die Männer ihre Stimmen senkten, wenn sie darüber sprachen.
"Do you think the girl will help us?", überlegte Ian laut.
Corinna spürte einen Würgereiz im Hals. "Bloß jetzt nicht husten", dachte sie. Sie zwang sich ruhig und gleichmäßig zu atmen.
"We'll see", erwiderte Andrew.
Corinnas Herz klopfte immer noch. Was hatte das zu bedeuten? Was wollten sie mit Daylight machen? Und was verheimlichten die Männer vor ihr?
"Let's go inside", sagte Craig. "I'm getting cold."
"Me too", erwiderte Ian. "It's probably **best**[1] if Sally talks to the girl. She seems to trust her."
"Okay", stimmte Andrew zu. "I'll talk to Sally in the morning."
Corinna hörte, wie die Männer die Stallgasse entlanggingen. Sie presste sich dicht an die Boxentür und hoffte, sie würde nicht bemerkt. Prompt blieben die Männer an Daylights Box stehen und schauten hinein. Corinna zog die Beine dicht an den Körper.
"She's a **beauty**[2]", bemerkte Ian. "And she moves well, too."
"I'm sure she'll be a good dressage horse", betonte Andrew.

---

1 **best** am besten
2 **beauty** Schönheit

Corinna wagte kaum zu atmen. Die Männer bemerkten sie nicht. Langsam gingen sie weiter. Corinna hörte, wie sich ihre Stimmen entfernten. Dann schlug eine Tür hinter ihnen zu.
Leise richtete sich Corinna auf und wischte sich das Stroh von der Reithose. Dann streichelte sie Daylight den Hals. "**Don't worry**[1] – I'll take care of you!", flüsterte sie. Dann machte sie sich eilig auf den Heimweg. Als sie auf Greenland Farm ankam, wurde es schon dunkel.

Als Corinna Daylight am nächsten Tag auf die Koppel führte, sah sie Sally aus dem Stall treten. Sie kam direkt auf Corinna zu.
"Jetzt kommt es", dachte Corinna. "Jetzt will sie mir sagen, was ich bei diesem 'special training' zu tun habe."
"Hi", begann Sally mit einem falschen Lächeln. "**How are you?**[2]"
"Fine." Corinna lächelte zurück, aber sie blieb misstrauisch.
"That was a wonderful training yesterday", begann Sally.
"Yes."
"If you like we can take the horses for a walk", schlug Sally vor.

---

1 **Don't worry.** Keine Angst.
2 **How are you?** Wie geht es dir?

Corinna riss die Augen auf. “You mean we can **go hacking**[1]?”
“Right.”
“On Daylight?”
“Of course.”
“I'd love to!”, rief Corinna aufgeregt.
“Okay, fine. Just muck out the boxes **first**[2]. **Let's meet**[3] at ten!”
Corinna machte sich mit Volldampf an die Arbeit. Fast vergaß sie dabei, dass es sicherlich einen besonderen Grund gab, warum Sally mit ihr ausreiten wollte.
Als sie mit Ausmisten fertig war, holte Corinna Daylight von der Koppel und putzte sie lange und gründlich. Die Stute schien das sehr zu genießen. Um kurz vor zehn band auch Sally Barry neben ihr an den Anbindehaken und striegelte ihn. Anschließend ging sie noch einmal in den Stall und kam mit Silver zurück.
“Will you please **get** Silver **ready**[4], too?”, wandte sie sich an Corinna.
“Sure.” Corinna nickte. “But why?”
“I think Andrew's going to **join us**[5]”, erklärte Sally.
Andrew? Corinna erschrak. Einerseits fand sie es toll, mit dem berühmten Dressurreiter auszureiten, anderer-

1 **go hacking** ausreiten
2 **first** zuerst
3 **let's meet** treffen wir uns
4 **get ready** fertig machen
5 **join us** sich uns anschließen

seits hörte sich das plötzlich so offiziell an. Als wollte Andrew sie auf die Probe stellen, als gäbe es etwas, das er sich genauer anschauen wollte.
Was würde passieren, wenn sich Daylight nicht besonders gut verhielt? Corinna hatte nicht viel Zeit, darüber nachzudenken. Gerade als sie Silvers Schweif auskämmte, tauchte Andrew mit mürrischer Miene neben ihr auf.
"Okay, **that'll do**[1]", brummte er. "Let's saddle them and go. I don't have much time."
Corinna beeilte sich, die Pferde zu satteln und aufzutrensen. Andrew saß auf und Sally schwang sich auf Barrys Rücken. Daylight hatte die Ohren gespitzt. Still stand sie da und wartete, bis auch Corinna sich im Sattel zurechtgesetzt hatte.
"Okay. Let's start. You ride behind us", brummte Andrew.
Als sie vom Hof herunter ritten und der lange, sandige Weg zur Küste vor ihnen lag, schnaubte Daylight begeistert. Der Ausflug schien ihr großen Spaß zu machen.
"Now come and ride between us", forderte Andrew Corinna auf. "I want to see how she moves."
Corinna ritt an Silver vorbei und reihte sich hinter Barry ein. Andrews Augen waren unablässig auf ihr Pferd gerichtet.

---

1 **That'll do.** Das reicht.

“Hmm, yes. She moves very well”, sagte Andrew.” And she knows how to lift her legs. She’ll be a great dressage horse **one day**[1].”

“‘Special training’”, dachte Corinna. “Gleich wird er mir sagen, dass er mit dem Spezialtraining beginnen will.”

“How about a trot?”, schlug Andrew plötzlich vor. **“Are you up to it?[2]”**

“Of course”, rief Corinna. Sie konnte es kaum abwarten, Daylight auf diesem schönen Boden traben zu lassen.

“Ready to trot”, rief Andrew.

Corinna richtete sich leicht in den Bügeln auf und beugte sich vor. Vor ihr sah sie, dass Sally es ebenfalls machte.

“Trot!”, rief Andrew.

Corinna und Sally trabten an. Daylight war begeistert. Ihre Hufe trommelten gegen den Boden. Am liebsten hätte sie Barry überholt, aber das ließ Corinna nicht zu. Mit strenger Hand nahm sie die Zügel zurück. Daylight verstand und blieb hinter dem Wallach. Sie trabten eine Weile. Dann erhob sich vor ihnen ein kleiner Hügel.

“Okay, let’s **gallop**[3]”, schlug Andew vor. “We’ll start at

---

1 **one day** eines Tages
2 **Are you up to it?** Schaffst du das?
3 **gallop** gallopieren

a slow **canter**[1], **speed up**[2], and then **slow down**[3] at the **top of the hill**[4]. **Understood?**[5]"

"Okay", rief Corinna. Ihr Herz klopfte. Bis jetzt hatte sie Daylight nur auf dem Reitplatz galoppieren lassen. Hoffentlich konnte sie die Stute auf der Kuppe des Hügels wieder durchparieren.

"Go!", kommandierte Andrew.

Corinna trieb ihr Pferd an. Daylight verstand sofort. Und als sie sah, dass Barry vor ihr angaloppierte, setzte sie mit großen Galoppsprüngen hinterher. Wie ein Pfeil schoss sie an Barry vorbei.

"A slow canter!", hörte Corinna Andrews harten Befehl. Schnell nahm sie Daylight zurück. Die Stute gehorchte widerwillig, aber sie gehorchte.

Als sie die Hügelkuppe erreicht hatten, fielen sie wieder in einen langsamen Schritt.

"Wonderful", rief Corinna. "She's just wonderful. I **felt**[6] like an angel on a cloud."

"Like an angel on a cloud!" Andrew grinste. "I've never heard **such**[7] **nonsense**[8]."

"Andrew!", zischte ihm Sally zu. "She's a girl! Re-

---

1 **canter** Kanter
2 **speed up** werden schneller
3 **slow down** werden langsamer
4 **top of the hill** Hügelkuppe
5 **Understood?** Verstanden?
6 **felt** habe mich gefühlt
7 **such** so einen
8 **nonsense** Unsinn

member how you felt when you **were**[1] young and **rode**[2] a **fine**[3] horse like that for the first time."
"I felt like George Clooney!", lachte Andrew.
"I'm sure you **still**[4] do", prustete Sally.
Corinna lachte. Es war schön, alle endlich einmal entspannt zu sehen.
Als sie zum Hof zurückkehrten, waren die Pferde verschwitzt und müde. Corinna war überglücklich. Sie hatte wieder einmal allen zeigen können, was für ein tolles Pferd Daylight war.
"Let the horses **roll**[5] in the paddock!", brummte Andrew. "Afterwards you can take Barry and Silver back to their boxes and **groom**[6] Daylight again."
"What for?", fragte Corinna leise, aber Andrew gab keine Antwort.
Corinna sattelte die Pferde ab und brachte sie zum Paddock hinüber. Dann blieb sie eine Weile am Zaun stehen. Es gab keinen schöneren Moment als den, wenn sich Pferde nach einem Ausritt im Sand wälzten. Barry warf sich sofort in die tiefste Sandkuhle und wälzte sich schnaubend hin und her. Silver wanderte eine Weile unruhig durch den Paddock. Dann ließ

---

1 **were** warst
2 **rode** hast geritten
3 **fine** *hier:* fein
4 **still** immer noch
5 **roll** wälzen
6 **groom** striegeln

auch er sich fallen und drehte sich von einer Seite zur anderen. Daylight suchte ihr Plätzchen sorgsam. Sie schnupperte eine lange Weile im Sand herum, wanderte von einer Stelle zur anderen. Schließlich hatte sie eine geeignete Kuhle gefunden und ließ sich ebenfalls in den Sand plumpsen, um sich gemütlich von einer Seite auf die andere zu drehen.

"Corinna", hörte sie plötzlich Sallys Stimme neben sich. Sie fuhr herum. Sie brauchte die Pferdepflegerin nur anzusehen und wusste, dass etwas Unangenehmes auf sie zukam. "Andrew is sure that Daylight will be a good dressage horse", begann sie. "He was really **delighted**[1] with the way she moved. He wants to **try** her **out**[2] at the tournament on Dartmoor."

"I see", murmelte Corinna.

"He needs your **help**[3]", fuhr Sally fort. "He has a special way of training her how to move her legs for a tournament. And he's asking you to help."

"What do I have to do?", wollte Corinna wissen.

"You just have to ride Daylight in the arena. But in a special way."

"With those **rubber bands**[4]?", wollte Corinna wissen. Sie bekam plötzlich Angst.

"Yes, that's it." Sally lächelte. "But as I told you before,

1 **delighted** begeistert
2 **try out** ausprobieren
3 **help** Hilfe
4 **rubber bands** Gummibänder

it doesn't hurt the horse. The rubber bands just teach her to lift her legs higher than she **usually**[1] would."
Corinna überlegte. Wenn sie nicht mitmacht, würden Craig und Ian das Training übernehmen. Und das war allemal schlimmer, als wenn sie Daylight auf diese Weise ritt. Vielleicht war es ja auch gar nicht so schlimm. Jedenfalls blieb ihr wohl kaum eine andere Möglichkeit, als es zu versuchen.
"Okay." Corinna nickte. "I'll help." Dann drehte sie sich um und wäre Andrew, der unbemerkt hinter sie getreten war, fast in die Arme gelaufen. Er warf Sally einen fragenden Blick zu.
"She'll help us", sagte Sally. Ihr Blick war dabei undurchsichtig und auf eine seltsame Art unheimlich. Als gäbe es noch etwas hinzuzufügen, das sie nicht sagte.
Andrew nickte. "Then groom Daylight and saddle her again!", wandte er sich an Corinna.
Diese riss entsetzt die Augen auf. "Now? But we've just come back from a **ride**[2]. She's hungry and tired."
Andrew grinste schief. "That's the best time to teach a horse", brummte er. "When they're tired, they behave well."

1 **usually** normalerweise
2 **ride** Ausritt

How to Train a Good Dressage Horse

Zwischen Corinnas und Andrews Umgang mit Pferden lagen Welten. Das sah Corinna spätestens jetzt ein, als sie Daylight ein zweites Mal putzte und für die Dressurstunde fertig machte. Nie im Leben wäre sie auf die Idee gekommen, das Pferd an diesem Tag noch einmal zu reiten.

Auch Daylight wirkte verstört. Unruhig schabte sie mit dem Vorderhuf auf dem Boden entlang. Sie wollte auf die Koppel, wollte sich entspannen und grasen.

"Poor Daylight", flüsterte ihr Corinna ins Ohr. Sie reichte der Stute einen Apfel. Daylight zermalmte ihn genießerisch, so dass die Apfelstückchen spritzten und der Saft auf den Boden tropfte.

Andrew schaute um die Ecke. "Ready?", bellte er. Dann bemerkte er die Apfelstückchen. "My God, you **gave**[1] her an apple before work", meckerte er. "How will you put the bridle on her now?"

"No problem", beeilte sich Corinna zu sagen.

Andrew reichte Corinna eine Trense. "Take this one", sagte er.

Corinna sah sofort, dass es ein schärferes Gebiss war. Aber sie sagte nichts. Sie wartete einen Moment, bis

---

1 **gave** hast gegeben

Daylight den Apfel hinuntergeschluckt hatte. Dann legte sie es dem Appaloosa ins Maul. Daylight schluckte und prustete. Dann aber kaute sie artig auf dem Gebiss herum.

"Ready to start?", fragte Andrew erneut.

Corinna nickte. Sie führte Daylight in die Reithalle. Dort wartete Sally bereits auf sie.

"Okay, mount her!", kommandierte sie. "Just ride around, do some circles and **wavy lines**[1]. It's just **to get her moving**[2] again."

Corinna gehorchte. Sie lenkte die Stute die lange Bahn entlang, ritt ein paar Volten und Schlangenlinien. Daylight schien das scharfe Gebiss nicht zu gefallen. Immer wieder warf sie unruhig den Kopf nach hinten. Corinna ließ die Zügel so locker wie möglich. Das aber schien Andrew ganz und gar nicht zu passen.

"**Tighten**[3] the **reins**[4]", brummte er streng. "They have to be **in line with**[5] your **forearm**[6]."

Corinna nickte. Das wusste sie schließlich auch. Sie wollte es eben nur so entspannt wie möglich für die Stute haben. Aber diesen Wunsch konnte sie sich abschminken. Das merkte sie schnell. Daylight sollte

---

1 **wavy lines** Schlangenlinien
2 **to get her moving** um sie in Bewegung zu bringen
3 **tighten** zieh an
4 **reins** Zügel
5 **in line with** in einer Linie mit
6 **forearm** Unterarm

ein gutes Turnierpferd werden. Da ging es nicht mehr ums Kuscheln.

"Make her trot in the long **lane**[1]", kommandierte Andrew, "and a **collected walk**[2] in the short lane."

Corinna hob sich leicht in den Bügeln, um anzutraben, doch Daylight wehrte sich. Sie hielt den Kopf schräg und schüttelte ihn immer wieder. Das Gebiss schien ihr überhaupt nicht zu gefallen.

"Use the **whip**[3]!", schimpfte Andrew. "Don't let her behave like that."

Corinna tippte Daylight mit der Gerte an. Doch das machte alles nur noch schlimmer. Die Stute warf den Kopf erneut nach hinten. Dann blieb sie stehen, ging sogar ein paar Schritte rückwärts.

"**Go on!**[4]", kommandierte Andrew.

Corinna traten die Tränen in die Augen. Sie ließ Daylight die Gerte spüren, doch das führte zu gar nichts. Im Gegenteil. Daylight schlug nach hinten aus. Dann tanzte sie auf der Stelle.

"Damn!", schimpfte Andrew. "Come on, **show her you're the boss**![5]"

Doch Corinna war am Ende ihrer Kräfte. "Sorry, I can't", flüsterte sie.

---

1 **lane** *hier:* Bande

2 **collected walk** versammelter Schritt

3 **whip** Reitgerte

4 **Go on!** Mach schon!

5 **Show her you're the boss!** Zeig ihr, wer der Herr ist!

"**Get off**![1]", fuhr Andrew sie an. "But stay in the arena. That horse loves you. Maybe she'll **obey**[2] me if she can see you're still here."
Corinna nickte. Mit weichen Knien stieg sie ab und übergab Andrew die Zügel. Andrew sprang mit einem Satz auf den Rücken der Stute. Sofort begann Daylight mit den Augen zu rollen. Aber Andrew ließ es nicht zu, dass sie ausbrach. Mit strenger Hand ritt er sie auf die lange Bahn zurück. Er trieb sie an, tippte mit der Gerte gegen ihre Schulter.
"Trot!", rief er wütend.
Daylight versuchte erneut, auszubrechen. Doch Andrew blieb streng. Der Schlag mit der Gerte wurde härter. "Trot!"
Der Appaloosa warf Corinna einen ängstlichen Blick zu. Corinna war nahe daran, in Tränen auszubrechen. "Trot, Daylight!", sagte sie mit einem Kloß im Hals.
Wieder klatschte die Gerte. Endlich setzte sich Daylight in Trab. Andrew trabte mit ihr eine Runde durch die Halle, wendete dann und ritt sie auf der anderen Hand. Danach folgte die Übung, die Corinna hätte machen sollen. Auf der langen Bahn traben, die kurze Bahn im versammelten Schritt reiten, die lange Bahn wieder traben, die kurze im Schritt, immer wieder.
Daylight versuchte, sich zu wehren. Noch einige Male

---

1 **Get off.** Steig ab.
2 **obey** gehorchen

warf sie den Kopf nach hinten. Doch je mehr sie aufbegehrte desto strenger wurde Andrew. Corinna spürte genau, dass diese Übung dazu gedacht war, dem Pferd Gehorsam beizubringen.

Aber was war daran eigentlich so schlimm?

“Horses have to obey, otherwise they’re dangerous for the riders”, sagte Rick immer. Und er hatte Recht damit. Es lag einfach an diesem Blick, den die Stute ihr immer wieder zuwarf. Panik lag darin. Und ein bisschen Verzweiflung.

Schritt, Trab, Schritt, Trab. Andrew kannte keine Gnade. Er ritt so lange, bis Daylight kein einziges Mal zögerte. Im Gegenteil hatte sie jetzt ihre Ohren so aufmerksam nach hinten gerichtet, dass sie auf den Moment wartete, an dem Andrew die Hilfen gab. Trab – und sie trabte auf der Stelle, Trab zurücknehmen und sie fiel in einen langen Schritt.

“Okay, that’s my girl.” Andrew grinste und klopfte der Stute für einen klitzekleinen Moment anerkennend den Hals.

Corinna atmete auf. Jetzt war es geschafft. Daylight konnte endlich auf die Koppel zurück.

Aber was war das? Sally ging kurz aus der Reithalle, um mit den Gummibändern zurückzukommen. Das durfte doch nicht wahr sein! Dieses strenge Training war nur eine Übung zum Warmwerden gewesen. Jetzt erst begann das Spezialtraining.

“Help me with the straps”, forderte Sally Corinna auf.

Corinna war viel zu entsetzt, um zu protestieren. Es hätte ja auch nichts geholfen. Daylight sollte ein Turnierpferd werden, das konnte sie nun einmal nicht verhindern.
So ging sie zu Sally hinüber und half ihr, die Gummibänder an Daylights Hufen und am Sattel fest zu machen. Die Stute blieb ruhig. Aufmerksam verfolgte sie Corinnas Handbewegungen.
Als die Bänder befestigt waren, trieb Andrew sie erneut an. Daylight buckelte. Verärgert versuchte sie, sich von den Fesseln zu befreien.
"Calm down, Daylight!", rief Corinna. "Lift your legs!"
Daylight tänzelte auf der Stelle. Doch Andrew trieb sie mit strengen Paraden voran. Da verstand sie und warf die Beine hoch.
"Beautiful", strahlte Corinna. "You look just beautiful."
"**It's true**[1]", bekräftigte Sally.
Andrew trieb die Stute weiter. Immer noch ging sie kraftvoll aus der Hinterhand und hob die Vorderbeine hoch in die Luft.
"It's really not so **bad**[2], is it?", wandte sich Sally an Corinna. Die schüttelte den Kopf.
"No, it isn't", gab sie zu. Trotzdem war sie heilfroh, als

1 **It's true.** Das stimmt.
2 **bad** schlimm

das Training zu Ende war. Sie sattelte Daylight ab und brachte sie auf den Paddock, damit sie sich wälzen konnte. Diesmal suchte Daylight nicht lange nach einem geeigneten Platz. Mit einem Schnaufer warf sie sich auf der Stelle in den Sand und wälzte ihren schwitzenden Körper hin und her.
"Take her back to her box and rub her down", ordnete Sally an. "It's too late for the paddock. And she might catch a cold if she stays outside too long when she'**s sweating**[1]."
Corinna nickte. Sie wartete einen Moment lang, bis Daylight aufgestanden war, dann führte sie sie in den Stall zurück. Dankbar begann Daylight, die große Portion Heu zu fressen, die Corinna ihr in die Futterkrippe gelegt hatte. Währenddessen rieb Corinna sie trocken.

Als Corinna später die Stallgasse entlang ging, fiel ihr Barry auf, der in seiner Box lag. Eigentlich legten sich die Pferde tagsüber nie hin, nur abends, zum Schlafen. Barry jedenfalls hatte sie noch nie liegen gesehen.
"Sally?", rief Corinna erschrocken. "Sally?"
Sally war nicht im Stall.
Corinna rannte, so schnell sie konnte, nach draußen. Auf dem Hof standen Ian, Craig und Sally zusammen und redeten mit einem ihr unbekannten Mann. Er

1 **is sweating** schwitzt

hatte eine Zange und eine Feile in der Hand, Werkzeuge, wie sie ein Hufschmied benutzte.

"Sally!" Corinna stürzte auf sie zu. Nun drehten sich alle zu ihr um.

"**There's something wrong**[1] with Barry", begann Corinna aufgeregt. "He's lying down in his box. I think he's ill."

Die Männer tauschten einen kurzen Blick. Corinna spürte, dass sie etwas wussten, das sie nicht sagen wollten.

"Calm down", versuchte Sally sie zu beruhigen. "It's **because of**[2] his hooves. The **blacksmith**[3] ...", sie machte eine Kopfbewegung zu dem fremden Mann, "... was here; he'**s** just **cut**[4] his hooves. Barry doesn't like it; he always **pretends to be**[5] ill afterwards."

"He's a very clever horse", pflichtete ihr Ian bei. Dann grinste er.

Dieses Grinsen machte Corinna misstrauisch. Sie hatte das Gefühl, dass die Männer ihr etwas verheimlichten. Aber sie bemühte sich, sich nichts anmerken zu lassen.

"Okay, I understand." Sie tat so, als sei sie erleichtert, und nickte den anderen zu. Dann ging sie in den Stall

---

1 **there's something wrong** irgendetwas stimmt nicht
2 **because of** wegen
3 **blacksmith** Schmied
4 **has cut** hat geschnitten
5 **pretends to be** tut so, als wäre er

zurück und dachte einen Moment lang nach. Zu gerne würde sie verstehen, was die vier zu bereden hatten. Ob sie es wagen konnte, sie zu belauschen?
Corinna schaute sich in der Stallgasse um. Gab es hier keine Möglichkeit, sich zu verstecken und den Männern zuzuhören? Ihr Blick fiel auf den Heuboden, der sich über den Boxen befand. Hier gab es eine kleine Luke, von der aus man den Hof überblicken konnte. Flink kletterte Corinna die Leiter hinauf. Dann schlich sie über den Heuboden. Das Holz knarrte. Corinna zog ihre Schuhe aus und setzte behutsam einen Fuß vor den anderen. Jetzt war sie an der besagten Luke angekommen. Corinna legte sich flach auf den Boden und schaute nach draußen. Sally und die Männer standen immer noch im Kreis und diskutierten. Dabei warfen sie hin und wieder einen unruhigen Blick in die Stallgasse, so als befürchteten sie, belauscht zu werden. Sie hatten die Stimmen gesenkt, sodass Corinna sie nicht verstehen konnte. Aber es war ihnen deutlich anzumerken, dass sie etwas zu verheimlichen hatten.

Die schreckliche Wahrheit

Corinna war gerade die Leiter vom Heuboden heruntergeklettert, da betrat Sally die Stallgasse. “You can go home for today”, sagte sie zu ihr. “There’s nothing more to do except train the other horses. It’s been quite **exhausting**[1] for you.”
“All right”, murmelte Corinna. “But why …”
“As you know, Andrew needs silence”, sagte Sally streng. Ihre Augen funkelten.
Hier schien etwas abzulaufen, das Corinna nicht wissen durfte. Das spürte sie genau. Aber was sollte sie tun? Blieb sie einfach da, würde Andrew Welsh ihr vielleicht sogar verbieten, je wieder auf seinen Hof zu kommen.
Schweren Herzens ging sie zu ihrem Rad und schwang sich auf den Sattel. Aufgewühlt und voller Sorge radelte sie nach Hause.

Daniel saß auf dem Zaun des Paddocks und sah den Pferden beim Grasen zu. Er schien sich zu langweilen und freute sich sichtlich, Corinna zu sehen.
“Hi, Corinna!”, rief er. “Good to see you. It’s very boring today. **I finished**[2] my new computer game. The stables have been cleaned. So there’s nothing …” Er

---

1 **exhausting** anstrengend
2 **I finished** *hier:* ich bin fertig mit

hielt mitten im Satz inne und schaute Corinna überrascht an. "What's the matter with you?"
"Nothing." Corinna bemühte sich zu lächeln.
"**Don't lie to me**[1]", schimpfte Daniel sie. "You look as if you've seen a ghost."
"That's because I saw you", versuchte Corinna zu scherzen. Aber Daniel schaute sie weiterhin besorgt an.
Plötzlich lief eine Träne über Corinnas Wange. Verlegen wischte sie sie mit dem Ärmel ihres Sweatshirts ab. "Really, it's nothing", begann sie stockend. "It's just …" Sie brach ab. Da lief verdammt nochmal eine zweite Träne über ihre Wange. Und noch eine.
"Just what?" Daniel ließ nicht locker. "Did you have some **trouble**[2] with the champion rider? Did he choose another girl to help him?"
Corinna schüttelte den Kopf. Dann gab sie sich einen Ruck und erzählte ihm von dem Spezialtraining, das so schrecklich für Daylight und sie gewesen war. Und sie berichtete von der seltsamen Begegnung mit dem Hufschmied und davon, dass Barry danach in seiner Box gelegen hatte.
"That sounds very bad", überlegte Daniel. "Perhaps the blacksmith cuts the hooves too short. That would make it **painful**[3] for Barry to walk on them."

---

1 **Don't lie to me.** Lüg mich nicht an.
2 **trouble** Ärger
3 **painful** schmerzhaft

Corinna riss die Augen auf. “Maybe”, sagte sie leise. “And if it’s painful for him to walk on them, that **means**[1] he’ll lift his hooves up higher, doesn’t it?”
Nun sah auch Daniel erschrocken aus. “Yes, he probably would”, stimmte er ihr zu. Dann sprang er mit einem Satz vom Zaun. “Okay, there’s **no time to waste**[2]”, rief er. “We have to **find out**[3] what this famous man is doing to his horses. Hurry up, Corinna, get your camera. We’re going to go back to Woolstone Manor and discover their **secret**[4].”
So schnell Corinna konnte, lief sie in ihr Zimmer. Mit zitternden Händen griff sie ihren Fotoapparat. Dann rannte sie auf den Hof zurück. Daniel hatte bereits sein Fahrrad aus dem Schuppen geholt.
“Tell Rick where we’re going”, rief ihr Daniel zu. “But don’t tell him the **whole**[5] story.”

Die ganze Zeit über waren Corinna und Daniel in irrsinnigem Tempo über die schmalen Wege geradelt. Erst als sie näher an Woolstone Manor herankamen, wurden sie langsamer. Corinna spürte eine unbestimmte Angst. Daniel schien es ähnlich zu gehen.

---

1 **means** bedeutet
2 **no time to waste** keine Zeit zu verlieren
3 **find out** herausfinden
4 **secret** Geheimnis
5 **whole** ganze

"Let's stop here", meinte er gerade und hielt an. Corinna stieg ebenfalls von ihrem Rad. "It'll be much easier to hide **without**[1] the bikes, don't you think?"
Er versteckte sein Fahrrad in einem dichten Gebüsch. Corinna tat es ihm gleich. Dann gingen die beiden zu Fuß weiter. Die Abendsonne warf schon lange Schatten. Bald würde es dunkel werden.
Als sie auf dem Hof ankamen, war niemand zu sehen. "Let's go into the stable", flüsterte Corinna Daniel zu und zog ihn hinter sich her die Stallgasse entlang.
Daylight stand in ihrer Box und fraß Heu. Corinna war unglaublich erleichtert, sie zu sehen.
"Hello, beauty!", flüsterte sie leise. Sofort schaute Daylight hoch und schob ihre Nüstern durch die Gitterstäbe. Corinna streichelte sie. Dann fiel ihr Blick auf Barrys Box. Sie war leer.
"Daniel!", wisperte Corinna. "Barry's not in his box."
"Perhaps Andrew **took**[2] him for training", flüsterte Daniel zurück.
Corinna schüttelte den Kopf. "No", erwiderte sie leise. "His hooves are too short. He couldn't walk **properly**[3] – it hurt him."
Daniel zog eine Augenbraue hoch und sah Corinna nachdenklich an. "Let's see what our champion is up to", zischte er.

---

1 **without** ohne
2 **took** hat genommen
3 **properly** richtig

Corinna nickte beklommen. Dabei spürte sie, wie sie am ganzen Körper zu frieren begann.
Plötzlich hörten sie Schritte. Daniel reagierte sofort. Er fasste Corinna am Ärmel ihres Sweatshirts und zog sie ein Stück weiter in die Stallgasse hinein. Hier lagerten ein paar Strohballen. So schnell die beiden konnten, sprangen sie dahinter und duckten sich. Die Schritte kamen direkt auf sie zu, doch Gott sei Dank hielten sie kurz vor den Strohballen an. Eine Tür quietschte. Der Unbekannte schien in die Sattelkammer gegangen zu sein. Jetzt hörte Corinna, wie die Schranktür geöffnet wurde. Nach kurzer Zeit kam der Unbekannte wieder heraus, schloss die Tür hinter sich und ging wieder die lange Stallgasse entlang. Jetzt hörte Corinna seine Fußstapfen über den Hof gehen.
"He's gone", flüsterte Corinna.
"Let's find out where he's going", gab Daniel zurück.
Als sie aus der Stalltür lugten, sahen sie Craig über den Hof gehen. Er hatte ein Stückchen Stoff in der Hand.
"The mask", flüsterte Corinna. "That's the mask for horses with poor eyesight."
Nun bekam sie es wirklich mit der Angst zu tun. War Barry krank? Was passierte mit ihm?
Craig war inzwischen an der Reithalle angekommen. Er klopfte kurz, dann öffnete er die schwere Holztür

und betrat die Halle. Im Licht der Reithalle sahen Daniel und Corinna, das sich bereits jemand dort aufhielt. Wer es war und was er dort tat, konnten sie jedoch nicht erkennen.
"Do you know how we can see into the arena?", wollte Daniel wissen.
Corinna nickte. "There's a small room on the other side", berichtete sie. "People go in there to watch the riding lessons."
"Let's go", flüsterte Daniel und griff nach Corinnas Hand. So schnell sie konnten, rannten sie über den Hof. Die kleine Kammer befand sich auf der anderen Seite der Reithalle und war über einen kurzen, unbeleuchteten Flur zu erreichen. Corinna wollte sofort die Tür aufreißen, aber Daniel hielt sie zurück. "Wait!", flüsterte er. "There may be **someone**[1] inside."
Daran hatte Corinna gar nicht gedacht. Vorsichtig schlich sie über den Flur und blickte in den Raum. Er war leer, Gott sei Dank.
Corinna stürzte hinein. Daniel folgte ihr. Sie spähten durch das kleine, geschlossene Fenster in die hell erleuchtete Reithalle. Und was sie da zu sehen bekamen, war einfach unfassbar.
Craig, Ian und Andrew standen in der Halle. Sie hatten Barry bei sich. Der Wallach war sehr nervös. Offensichtlich bereitete ihm das Auftreten Schmerzen.

1 **someone** jemand

Craig hielt ihn an einer langen Longe fest, Ian hatte ihm außerdem einen kurzen Führstrick umgebunden, den er in der Hand hielt.
Andrew saß auf und ritt Barry vorwärts. Der Fuchs wehrte sich dagegen. Wieder und wieder schlug er mit dem Kopf und versuchte auszubrechen.
Corinna traten die Tränen in die Augen. Sie hatte Mühe, sich die Quälerei weiter anzusehen, denn nichts anderes war es. Das hier war kein Training, sondern reine Tierquälerei.
Nun saß Andrew ab und beredete etwas mit Craig und Ian. Craig ging daraufhin auf Barry zu und stülpte ihm mit geübter Geste die Maske übers Gesicht. Barry erschrak. Er zuckte zusammen. Stieg. Doch Ian hielt ihn am Führstrick fest.
"Oh my God!", flüsterte Corinna und schlug sich die Hände vors Gesicht.
Ian ließ Barry unvermittelt los. Der Wallach glaubte frei zu sein und rannte los. Aber die Longe, an die er festgebunden war, hielt ihn mit einem Ruck zurück.
Nun trat Andrew hinter Barry. Er holte mit der Peitsche aus und ließ sie dicht neben dem Pferd aufklatschen. Der Fuchs erschrak erneut und setzte mit großen Sprüngen vorwärts. Durch die Longe war es ihm aber nur möglich, im Kreis zu gehen. Craig lehnte sich gegen die Longe und hielt sie fest. Er hatte Mühe, sich gegen das wilde Pferd durchzusetzen.

Corinna hielt immer noch die Hände vor den Mund gepresst. Sie konnte einfach nicht glauben, was sie sah. Verzweifelt drehte sie sich zu Daniel um, der dicht hinter ihr stand und dem schrecklichen Treiben im Reitstall ebenfalls mit großen Augen zusah.

"I understand now", wisperte er. "This is their **so-called**[1] special training. It's **supposed to**[2] teach a horse to have no **will**[3] of its own, but to obey its master **unconditionally**.[4]"

"Yes, **you're right**[5]." Corinna nickte. Dann starrten die beiden wieder in die Reithalle, wo Barrys Willen inzwischen gebrochen war. Gehorsam trabte er an der Longe und riss dabei die Beine hoch.

Erneut sah sich Corinna nach Daniel um. Dabei fiel ihr Blick ganz zufällig auf eine Tafel, die an der Wand hing. Was dort stand, ließ ihr das Blut in den Adern gefrieren. "6 p.m. – Daylight: special training" stand dort.

"Oh, no!", flüsterte Corinna und deutete auf die Tafel. "In **a few**[6] minutes it's Daylight's turn to **go through**[7] this **torture**[8]." Dabei hatte sie Mühe, die aufsteigende Panik zu unterdrücken. "What shall we do?"

---

1 **so-called** so genanntes
2 **supposed to** soll
3 **will** Wille
4 **unconditionally** bedingungslos
5 **You're right.** Du hast Recht.
6 **a few** wenige
7 **go through** durchstehen
8 **torture** Folter

Auch Daniel sah bestürzt aus. "What time is it?", fragte er.
Corinna schaute auf ihre Armbanduhr. "Half past five", flüsterte sie. "Perhaps Sally's **already**[1] grooming Daylight for her lesson."
"I'll look for her!", antwortete Daniel ruhig. "Just stay here and wait for me."
"But what will you do?"
Daniel antwortete nicht. Ehe Corinna noch weitere Fragen stellen konnte, hatte er schon die Tür geöffnet und war auf den dunklen Flur hinaus verschwunden.
Corinna blieb allein zurück. Voller Wut starrte sie weiter in die helle Reithalle hinaus. Ja, inzwischen war sie wütend. Wie durch ein Wunder hatte sie ihre Angst abgelegt und war nur noch wütend auf die Männer, die die ihnen anvertrauten Pferde derart quälten.
Andrew hatte in der Zwischenzeit Sporen an seinen Stiefeln befestigt. Er gab einen Befehl, und Craig hielt den Wallach an. Sie redeten auf Barry ein, dann schwang sich Andrew in den Sattel. Craig löste die Longe und überließ es nun Andrew, das Pferd zu reiten. Mit Sporen und Gerte trieb Andrew das erschöpfte Tier erneut voran.
Barry wieherte so laut und verzweifelt, dass Corinna ihn durch das geschlossene Fenster hören konnte. Dieses Wiehern drang ihr durch Mark und Bein. Ver-

1 **already** schon

zweifelt trat sie von einem Bein auf das andere. Sie konnte es kaum aushalten, hier zu stehen und tatenlos zuzusehen, wie das Tier gequält wurde.
Plötzlich fühlte sie einen harten Gegenstand in der Kängurutasche ihres Sweatshirtes. Der Fotoapparat! Den hatte sie ja total vergessen. Wenn sie nun ein paar Fotos von dieser Behandlung schießen würde? Es gab sicherlich mehr als eine Zeitung, die sich für so ein "special training" interessieren würde.
Mit vor Anspannung zitternden Händen zog Corinna den Apparat heraus. Dann wurde sie ganz ruhig. Sie durfte jetzt keinen Fehler machen. Vorsichtig entfernte sie die Kappe von der Linse. Dann öffnete sie behutsam das kleine Fenster.
Corinnas Hände zitterten so sehr, dass sie Mühe hatte, den Fotoapparat zu halten. Sie atmete tief ein und zwang sich zur Ruhe. Sie stellte den Apparat auf Autofocus und zoomte Andrew heran. Dann stellte sie die kleine Kamera auf den Fenstersims und knipste.
Klick! Das war Andrew, wie er auf Barry einschlug. Klick. Das war Barry, wie er laut wieherte. Und nun kam das Pferd mit seinem Reiter direkt auf Corinna zu. Klick. Das war Barry ganz dicht vor ihr, mit dieser schrecklichen Maske auf dem Kopf.
Corinna wurde mutiger. Sie wollte ein Foto von der ganzen Gruppe. Auch Craig und Ian mussten zu sehen sein. So trat sie etwas tiefer in die dunkle Kammer,

stellte den Weitwinkel ein und drückte erneut auf den Auslöser.
Zack! Ein heller Blitz zuckte durch den Raum.
Corinna rutschte das Herz in die Hose. Das durfte doch nicht wahr sein! In der Dunkelheit hatte die Automatik des Fotoapparates das Blitzlicht gewählt.
Schnell duckte sich Corinna unter das kleine Fenster und hoffte, dass niemand etwas bemerkt hatte. Aber Andrew war der Blitz offenbar nicht entgangen. Er hielt sofort an.
“What's going on?”, hörte Corinna ihn schreien. “Is someone taking photos? Find out if there's someone in the small room!”, schnauzte er die beiden Pferdepfleger an. “At once!”
Ian und Craig verließen in aller Eile die Reithalle.
“Mist! Jetzt haben sie mich!”, dachte Corinna verzweifelt. Hektisch sah sie sich in der Kammer um. Sie musste den Fotoapparat verstecken. Dieses Beweismaterial durften sie niemals bekommen. Aber wo konnte man ihn verschwinden lassen? Es gab nicht viele Möglichkeiten.
Ihr Blick fiel auf einen Sack mit Futtermitteln in der Ecke. Mit fliegenden Händen öffnete Corinna diesen Sack und vergrub den Fotoapparat so tief sie konnte im Kraftfutter. Dann hörte sie Schritte vor der Tür.

Hilfe für Daylight

Unterdessen war Daniel auf dem Hof angekommen. Unruhig drehte er sich um. Niemand war zu sehen. So schnell er konnte, lief er die Stallgasse hinunter, bis er an Daylights Box angekommen war.
Daylight stand seelenruhig da und fraß an ihrem Heuberg. Als sie Daniel hörte, blickte sie auf.
"Hello, Daylight!", flüsterte Daniel. "Would you like to **go for a walk**[1] with me?"
Daylight schaute ihn aufmerksam an. Sie schien nicht besonders misstrauisch zu sein.
Daniel blickte sich in der Stallgasse um. An einem Haken neben der Box hing ein Halfter. Von der Größe her konnte es gut zu Daylight passen. Gerade wollte er das Halfter greifen, da hörte er eilige Schritte über den Hof kommen. Rasch duckte sich Daniel wieder hinter die Strohballen.
"Hello, Daylight", hörte er eine Frauenstimme sagen. Das musste Sally sein. "It's your turn now", sagte sie zu der Stute.
Daniel hörte, wie sie die Boxentür öffnete. Dann führte sie Daylight in die Stallgasse hinaus. Jetzt folgten erneut leise Geräusche. Sally schien den Appaloosa am Anbindehaken anzubinden.

---

1 **go for a walk** spazieren gehen

"I have to **fetch**[1] the **brushes**[2]", hörte er Sally sagen. "I'll be back in a minute."
Sallys Schritte hallten durch die Stallgasse. Sie ging erst direkt auf Daniel zu, um dann in der Sattelkammer zu verschwinden und ihr Putzzeug zu holen.
Daniel zögerte keine Sekunde. Mit einem Sprung war er an der Sattelkammer, schloss die Tür leise hinter Sally und verriegelte sie. Sally war eingeschlossen. Zeit genug, Daylight in Sicherheit zu bringen. Aber es würde nicht lange dauern, bis die Pferdepflegerin um Hilfe rufen würde.
Schnell lief Daniel zu Daylight hinüber, fasste die Stute am Strick und führte sie aus der Stallgasse hinaus auf den Hof.
Daylight war überrascht. Verunsichert blieb sie auf dem Hof stehen und weigerte sich, weiter zu gehen.
Aus der Sattelkammer hörte Daniel nun, wie jemand gegen die Tür schlug. "Hey, what's going on?", hörte er Sally rufen. "Craig? Ian? Are you **mad**[3]? What kind of joke is this? Open the door, you idiots!" Ihre Schläge gegen die Tür wurden lauter.
"Don't be afraid, Daylight", versuchte Daniel die Stute zu beruhigen und streichelte ihr den Hals. "I'm a friend of Corinna's. We're here to help you."
Es war, als hätte Daylight ihn verstanden. Sie schnup-

---

1 **fetch** holen
2 **brushes** Bürsten
3 **mad** verrückt

perte einen Moment lang an seinem Pullover herum, dann schritt sie mit großen Schritten neben ihm her. Daniel war so erleichtert, dass er hätte pfeifen können. So schnell die beiden konnten, verließen sie den Hof.

Corinna zitterte vor Angst, als Ian und Craig in die kleine Kammer stürzten. Ihre Gesichter waren wutverzerrt.
"Oh, look who's here!", höhnte Ian. "**What the hell**[1] do you think you're doing?"
Mit ihren breiten Rücken versperrten sie die Eingangstür. Corinna hatte keine Chance zu fliehen.
"Nothing", erwiderte Corinna und hoffte sehr, dass ihre Lippen nicht zitterten. "I wanted to watch the training. That's all."
"That's all?" Ian kam bedrohlich näher. "Who told you you could watch?"
Corinna zuckte die Schultern. "**Nobody**[2]", sagte sie leise. "But why **shouldn't**[3] I? Have you got something to hide?"
Ian lachte böse. Dann baute er sich wenige Zentimeter vor ihr auf. "Stupid girl!", zischte er. "Of course we've got nothing to hide. We just train horses, that's all. But we don't like **nosy**[4] girls taking photos of us."

---

1 **what the hell** was zum Teufel
2 **nobody** niemand
3 **shouldn't** sollte nicht
4 **nosy** neugierig

"Just tell us where you'**ve hidden**[1] your camera", fuhr Craig sie an.
"Camera?", erwiderte Corinna und hoffte, ihre Stimme würde sie nicht verraten. "I don't have a camera with me."
"Of course you have", raunzte Ian sie an. "Don't lie to us. Give it to us, or we'll have to take it from you, and if you make us do that I can promise you we won't be **gentle**[2]."
Jetzt bekam es Corinna wirklich mit der Angst zu tun. Craig und Ian schreckten vor nichts zurück. Das hatten sie bei ihrem Umgang mit den Pferden bewiesen. Sie hatten wahrscheinlich keine Skrupel, die Wahrheit aus ihr herauszuprügeln.
Nun öffnete sich die Tür und Andrew trat ein.
"Aha. **How come**[3] I'm not surprised? It was Sally who said I should give her a job. I've never liked the idea of having some little girl here on the farm, sticking her nose in." Er drehte sich zu den beiden Männern um. "Did you find the camera?"
"No!" Ian schüttelte den Kopf. "She says she didn't have one with her."
"Of course she did!", brummte Andrew. "The **flash**[4] nearly **blinded**[5] me."

---

1 **have hidden** hast versteckt
2 **gentle** sanft
3 **how come** wie kommt es, dass
4 **flash** Blitz
5 **blinded** hat geblendet

Craig sah sich in der kleinen Kammer um. "But there's **nowhere**[1] for her to hide it", meinte er.
"Then she must have hidden it under her jacket. Or in her socks", erwiderte Andrew. Mit einem Satz war er bei Corinna, drehte sie mit dem Rücken zu sich und tastete ihre Kleidung ab.
Corinna kam sich vor wie in einem Krimi. Als Andrew ihre Hosenbeine hochschob, um ihre Strümpfe abzutasten, fing sie an zu schreien.
"**Don't you dare**[2] **touch**[3] me! I'll **report**[4] you to the **police**[5] for **sexual harassment**[6]!"
Dass ihr diese Vokabel eingefallen war, machte sie fast stolz. In der Not lief der Verstand wirklich auf Hochtouren.
Andrew zögerte tatsächlich. "Take her to Sally", schlug er vor. "She can **search**[7] her."
"Good idea!", nickte Craig und fasste Corinna hart am Oberarm. "Come on, let's go!"
Als die Männer Corinna über den Hof zogen, sah sie sich vorsichtig nach allen Seiten um. Wo um Gottes Willen war Daniel? Und was war aus Daylight geworden?

---

1 **nowhere** nirgendwo
2 **don't you dare** wagen Sie es nicht
3 **touch** berühren
4 **report** melden
5 **police** Polizei
6 **sexual harassment** sexueller Belästigung
7 **search** durchsuchen

"Let's lock her up in the tack room", schlug Ian vor.
"Okay", meinte Andrew. "But where …"
Weiter kam er nicht. Denn im selben Moment hörten alle, wie jemand wütend gegen eine Holztür schlug.
"Help! Is **anybody**[1] there?", hörten sie Sallys Stimme. "I'm locked in the tack room. Help me!" Wieder schlugen ihre Fäuste gegen die Tür.
"Who'**s yelling**[2]?", wollte Ian wissen.
"It's Sally!", brüllte Craig. "Someone's locked her in." Er ließ Corinna los und stürzte mit Ian und Andrew gemeinsam in die Stallgasse.
Corinna brauchte einen Moment, bis sie erkannte, dass sie frei war. Aber dann nutzte sie die Gelegenheit. Sie rannte los, was das Zeug hielt.
"Look! The girl'**s escaping**[3]!", brüllte Ian.
"Catch her!", befahl Andrew. "I'll get Sally."
Corinna fegte über den Hof, so schnell sie konnte. Sie hörte schwere Schritte hinter sich. Das waren Ian und Craig. Sie waren sportlich und schnell, das wusste Corinna nur zu gut. Sie musste sich verstecken. Das war ihre einzige Chance.
Schnell duckte sie sich hinter den Blumenkübel. Von dort aus flitzte sie zu den Pferdehängern und versteckte sich wieder. Dann schlich sie zu den Birken, deren Äste weit herunter hingen.

---

1 **anybody** irgendjemand
2 **is yelling** brüllt
3 **is escaping** entkommt

Im Schein der Außenanlage sah sie, wie Craig und Ian nach ihr suchten. Nun tauchten auch Andrew und Sally auf dem Hof auf.
“Where is she?”, brüllte Andrew.
“She can’t have got far” [1]**,** keuchte Craig. “We’ll find her, don’t worry!”
Corinna hatte große Angst. Diesen Männern durfte sie auf keinen Fall noch einmal in die Finger geraten. Sie sah sich um. Da! Der große Busch würde ein gutes Versteck abgeben.
Geduckt huschte sie die letzten paar Meter bis zu dem Busch, kroch mitten hinein und blieb regungslos hocken.
Die Männer und Sally hatten sich inzwischen mit Taschenlampen bewaffnet. Sie leuchteten in jeden Winkel.
“She must be **somewhere**[2] **close by**[3]”, mutmaßte Andrew.
“Hope you’re right”, sagte Sally.
Corinna bewegte sich nicht. Stumm saß sie da und starrte zwischen den Zweigen hindurch. Plötzlich spürte sie, wie sich neben ihr jemand bewegte. Dann legte sich eine Hand über ihren Mund.
Corinna wollte schreien, aber irgendwie roch die Hand vertraut. Sie drehte sich halb um. In der Dämmerung erkannte sie Daniel.

---

1 **She can’t have got far.** Sie kann nicht weit gekommen sein.
2 **somewhere** irgendwo
3 **close by** in der Nähe

“Sssh”, sagte er leise in ihr Ohr.

Corinna polterten die Steine so laut vom Herzen, dass sie befürchtete, jemand könne es hören.

Eine Ewigkeit lang hockten sie in dem Busch und starrten auf den Hof. Sie sahen, wie Sally in die kleine Kammer ging. Sie sahen, wie Craig, Andrew und Ian über den Hof liefen und weiter nach ihnen suchten.

Corinna und Daniel sprachen kein Wort. Stumm saßen sie nebeneinander und wagten kaum zu atmen. Corinna war froh, Daniel neben sich zu wissen. Selbst wenn er ihr nicht helfen konnte, war es gut, dass er da war.

Irgendwann gaben Andrew und seine Männer auf, nach ihnen zu suchen. Auch Sally kehrte aus der Kammer zurück.
"I didn't find the camera!", rief sie. "**She must have taken it with her**[1]."
"Sally!", brüllte Craig. "Where's Daylight?"
"Daylight?", kreischte Sally und ihre Stimme klang mindestens eine Oktave höher als sonst. "I thought she was still **tied up**[2] beside her box? Wait – someone must have locked me up so they could steal the horse! Corinna had someone helping her. They've taken Daylight!"
Andrew war schier außer sich vor Wut. "Then we'll just drive over to Greenland Farm and tell her parents what she's been up to", zischte er. "I **reckon**[3] they'll be almost as angry with her as I am." Er ging zu seinem Auto. "We should take the trailer with us." Er wandte sich an Sally. "You stay here with Ian. Craig and I'll go to her parents."
"Okay", nickte Sally.
Craig half Andrew, den Hänger hinter den Wagen zu schieben. Sie befestigten ihn mit geübten Griffen. Dann rasten sie in die Dunkelheit hinaus.
Sally und Ian diskutierten eine Weile mit wütenden

---

1 **She must have taken it with her.** Sie muss sie mitgenommen haben.
2 **tied up** angebunden
3 **reckon** vermute

Gesten. Was sie sagten, war nicht zu verstehen. Irgendwann stapften sie in den Stall zurück.
Jetzt erst drehte sich Corinna zu Daniel um. "Where's Daylight?", flüsterte sie.
Daniel lächelte. "There's a field on the small road to Dartmoor that I know very well. It belongs to a friend of Rick's who used to have a couple of horses. I **put** her **in there**[1] . There's a small stable, too; she can **take shelter**[2] there in the night."
Corinna seufzte erleichtert. "Good idea", flüsterte sie. "But I hope Andrew doesn't find her." Dann erzählte sie Daniel von den Aufnahmen, die sie in der Reithalle gemacht hatte, und von ihrem Missgeschick mit dem Blitzlicht.
Daniel sah eine Weile zum Hof hinüber, dann räusperte er sich. "We have to try to get the camera back. It's important **evidence**[3] – if we've got your pictures, we can **prove**[4] what's been going on here."
Corinnas Herz begann wieder laut zu schlagen. "The camera?", flüsterte sie. "Well, you're right, of course. But I'm too **frightened**[5] to go back to that room again."
"We'll go together", schlug Daniel vor.

---

1 **put in there** *hier:* habe dorthin gebracht
2 **take shelter** sich unterstellen
3 **evidence** Beweismittel
4 **prove** beweisen
5 **frightened** verängstigt

Ein wichtiges Beweisstück

Es war schrecklich, noch einmal zurückgehen zu müssen. Und doch wusste Corinna, dass ihnen nichts anderes übrig blieb. Daniel hatte sich schon vorsichtig bis zum Rand des Strauches vorgewagt. Jetzt spurtete er los. Geduckt rannte er über den Hof. Corinna machte es ihm nach. Außer Atem erreichten beide die Tür, die zu der Kammer hinter der Reithalle führte. Sie öffneten die Tür, tasteten sich in den kleinen Flur vor und von dort aus weiter in die Kammer hinein.
Es war dunkel, doch ihre Augen hatten sich inzwischen so weit an die Dunkelheit gewöhnt, dass sie sich orientieren konnten. Schnell lief Corinna zu dem Sack Pferdefutter, öffnete ihn und griff hinein. Eine Weile tasteten sich ihre Finger durch das körnige Futter. Da! Sie fühlte einen harten Gegenstand. Das war die Kamera. Vorsichtig zog Corinna sie heraus und hielt sie Daniel hin. "I've got it."
"Great. Let's **leave**[1] as quickly as …" Weiter kam Daniel nicht, denn draußen wurde die Außentür aufgestoßen und das Licht zum Flur wurde angeschaltet. Corinna ergriff Daniels Hand. Sie war eiskalt.
"I'm **at the back of**[2] the riding arena, Ian!", hörten sie Sallys Stimme. "I'm going to have another look for

1 **leave** gehen
2 **at the back of** hinten in

the camera. It must be somewhere in that room. – What? – No. – What?" Sally schien Ians Antwort nicht zu verstehen.
Wie ein gehetztes Reh kam sich Corinna vor. Sie blickte sich panisch in der Kammer um. Hier gab es keine Möglichkeit, sich zu verstecken.
Daniel hatte ihre Hand losgelassen. Schnell und ruhig öffnete er das kleine Fenster, das in die Reithalle führte.
"Do you think you can jump?", fragte er leise.
Corinna blickte in die Halle unter sich. Sie biss sich auf die Unterlippe und nickte. Sie musste es schaffen.
Daniel kletterte auf die Fensterbank und ließ sich langsam in die Halle hinuntergleiten. Geschmeidig wie eine Katze landete er auf seinen Füßen und blickte zu Corinna hinauf.
"Jump!", sagte er leise. "It's quite easy."
Waren da Schritte zu hören? Rasch stieg Corinna ebenfalls auf die Fensterbank, stieß sich ab und sprang. Neben Daniel landete sie in den weichen Sägespänen der Reithalle.
"Hurry up", flüsterte Daniel. "Show me how we get out."
Corinna hastete zum Eingang der Reithalle und öffnete das schwere Schiebetor einen Spalt breit. Gemeinsam schlichen sie nach draußen.

Ein Motorgeräusch ließ beide aufhorchen. Ein Auto fuhr auf den Hof. Und dann noch eines.

Corinna erkannte Ricks alten Pickup. Daniels Vater saß am Steuer und neben ihm sah Corinna ihre Mutter.
"Daniel! Rick and Mum are here", flüsterte Corinna aufgeregt. "Let's go to them."
Aber Daniel schüttelte den Kopf. Er hielt sich weiterhin gegen die Hauswand gedrückt und wartete. Corinna blieb bei ihm. Vielleicht war es wirklich klüger, jetzt nicht zu den anderen hinüberzugehen. Sie würden ja doch nur alles abstreiten, was passiert war.
Andrew und Craig stiegen aus dem einen Auto, Rick Garland und Gaby Steffen aus dem anderen. Gemeinsam gingen sie zu Sally und Ian hinüber und fingen an zu reden.
Corinna erkannte von weitem, dass ihre Mutter sehr aufgeregt war. Sie hielt ihre Hand vor den Mund und ihre Augen waren weit aufgerissen. Auch Rick wirkte nervös. Immer wieder blickte er sich suchend um.
"… call the police", hörte Corinna ihn sagen. Und auch: "… hope we'll find them."
Und Andrew sagte etwas, das klang wie: "… steal my best horse …", und Ians böse Stimme sagte die Worte "very **naughty**[1] little girl". Man konnte sich schon denken, dass sie nicht gerade freundlich über Corinna sprachen. Aber es gab keine Gelegenheit, das jetzt richtigzustellen.

---

1 **naughty** ungezogen

Aus ihrem Versteck heraus sahen Daniel und Corinna zu, wie ihre Eltern mit den anderen zum Stall hinübergingen. Corinna blickte Daniel an. Der machte eine Bewegung mit dem Kopf zum Pickup hinüber.

Corinna verstand. So schnell sie konnte, kletterte sie mit Daniel zusammen auf die Ladefläche und legte sich flach auf den Boden. Ihr Herz klopfte. Noch nie war sie auf der Ladefläche eines Autos mitgefahren. Hoffentlich fuhr Rick nicht zu sportlich.

Eine Weile später hörten sie ihre Eltern zum Auto zurück kehren. Sie waren allein. Corinnas Mutter klang sehr aufgeregt.

"There must be something wrong", sagte sie. "She'**s** never **done**[1] anything like this before, Rick. Believe me. She's not the kind of girl to steal or lie to anybody."

"Daniel wouldn't either", murmelte Rick. "I don't understand it. Something must have happened to them **on the way**[2] to the farm. I'm sure it has."

"You mean you think they've had an **accident**[3]?", rief Corinnas Mutter aufgeregt. "Oh Rick, please, don't even think about it."

"I wonder why they haven't called me from the mobile", überlegte Rick weiter.

---

1 **has done** hat gemacht
2 **on the way** unterwegs
3 **accident** Unfall

"Perhaps they can't", flüsterte Corinnas Mutter. "Perhaps they're **hurt**[1]."
Es tat Corinna furchtbar weh, ihre Mutter so verzweifelt zu sehen. Sie wollte ihr doch auf keinen Fall so große Sorgen bereiten. Aber sie hatte keine Wahl. Erst einmal mussten sie vom Hof herunter und in Sicherheit sein. Dann konnten sie und Daniel sich bemerkbar machen.
Die Autotüren schlugen zu. Rick startete den Motor. Rumpelnd setzte sich der Wagen in Bewegung. Corinna klammerte sich mit den Händen an der Ladefläche fest. Daniel hockte sich in eine Ecke und lächelte ihr zu.
"Don't worry", sagte er leise. "It's only for a couple of minutes."
Als der Wagen ein paar Wegbiegungen hinter sich gebracht hatte, richtete er sich auf und klopfte gegen das kleine Fenster, das in den Fahrgastraum des Wagens führte.
"Dad!", rief er. "Dad! Gaby! Stop the car!"
Corinna hörte ihre Mutter aufschreien.
"Rick!", rief sie. "It's Daniel! Stop the car."
Trotz aller Aufregung bremste Rick vorsichtig ab. Dann sprangen die beiden Erwachsenen aus dem Auto.
War das ein Wiedersehen! Corinna und ihre Mutter lagen sich schluchzend in den Armen, Rick und Daniel

---

1 **hurt** verletzt

umarmten einander und hielten sich aneinander fest.
Es blieb nicht viel Zeit, alles zu erklären. Zu viele Dinge gab es noch zu tun. Daylight musste von der Weide geholt und die Kamera in Sicherheit gebracht werden. Und dann brauchten alle Zeit und Ruhe, alles zu erzählen.
Sie beschlossen, sich aufzuteilen. Daniel wollte mit Corinnas Mutter Daylight von der Weide holen und nach Greenland Farm bringen. Corinna und Rick wollten mit dem Auto vorausfahren.
"We'll have a good strong **pot**[1] of tea waiting for you", versprach Rick.
Sie trennten sich an der Wegbiegung.

Es dauerte fast noch eine Stunde, bis Daniel und Gaby mit der Appaloosa-Stute auf dem Hof eintrafen. Rick und Corinna hatten in der Zwischenzeit eine Box freigeräumt, in der sonst Futtermittel und Putzzeug untergebracht war.
"I'm sure she'll feel **comfortable**[2] here", sagte Rick, als die Box mit Stroh und Heu gefüllt war.
Tatsächlich schien sich Daylight in ihrer neuen Umgebung sofort wohl zu fühlen. Mit großem Appetit machte sie sich über den Heuhaufen her.

---

1 **pot** Kanne
2 **comfortable** bequem

Auf frischer Tat ertappt

Aufgeregt beugten sich Daniel, Corinnas Mutter und Rick eine halbe Stunde später über den Drucker und sahen zu, wie er langsam, aber deutlich ein Foto nach dem anderen ausdruckte.

Corinna hielt den Atem an. Da war das Foto, auf dem Andrew auf Barry einschlug. Hier das Bild, auf dem der Wallach laut und verzweifelt wieherte. Und dann kam das Foto, auf dem Barry mit der Maske vor dem Gesicht direkt auf Corinna zugeritten wurde. Das letzte Foto zeigte Craig, Ian und Andrew, wie sie gemeinsam dafür sorgten, dass Barry sein Spezialtraining bekam. Dieses Foto war Corinna zum Verhängnis geworden. Als sie es sah, fiel ihr die ganze schreckliche Situation noch einmal ein, und sie hatte Mühe, nicht in Tränen auszubrechen.

Rick und Gaby waren entsetzt.

“Oh my God, it’s terrible!”, stieß Corinnas Mutter hervor.

“And this man is a famous dressage rider! I can’t believe it. It’ll **create**[1] a **huge**[2] **scandal**[3]!”, rief Rick. Er zog das Foto aus dem Drucker heraus, auf dem Barry laut wieherte. Mit weit aufgerissenem Maul kam seine ganze Angst zum Ausdruck. Rick beugte sich über das Foto und betrachtete es voller Abscheu.

---

1 **create** verursachen

2 **huge** riesigen

3 **scandal** Skandal

"I can't believe it!", rief er immer wieder. "It's just too much."
Corinna brachte noch immer kein Wort heraus. Sie hatte die Hand an die Lippen gepresst und starrte voller Abscheu auf die Fotos.
"Do you understand now why we took the horse?", fragte Daniel leise. "It was the horse Corinna loved so much. And we were sure that it was her turn next for this 'special training'."
Rick drehte sich zu seinem Sohn um und legte ihm seine große Hand auf die Schulter. "Of course I understand", sagte er. "I would have done the same." Er drehte sich zu Corinna um. "But why didn't you tell us before? We **could have dealt with it**[1] properly."
"There was no time", erklärte Daniel. "We had to act immediately, before they took Daylight into the arena."
Rick nickte. "But now we have to work together." Er sah auf die Uhr. "Ten to nine", murmelte er. "Let's call the police."
"What's your plan?", fragte Corinnas Mutter verunsichert.
"I'm going to **press charges against**[2] Andrew Welsh **based on**[3] Corinna's **testimony**[4], with these photos

---

1 **could have dealt with it** hätten uns darum kümmern können
2 **press charges against** anzeigen
3 **based on** aufgrund
4 **testimony** Aussage

as evidence", erklärte Rick mit fester Stimme. "I hope that they take away his horses **forever**[1]."
"Oh!", sagte Corinna erschrocken.
"Can you think of a better **solution**[2]?", wollte Rick wissen. "People who **mistreat**[3] animals have to be **punished**[4], don't they? Even if they're famous riders."
Corinna senkte den Kopf. Es war ihr unangenehm, alle auf dem Hof anzuzeigen. "Perhaps it's enough just to warn them", schlug sie leise vor.
Aber Rick ließ sich nicht beirren. "You can warn silly little boys who'**ve been torturing**[5] **worms**[6]. But we're talking about **adults**[7] who torture horses. They know what they're doing, but they only think of their **own**[8] **careers**[9]. That's the **difference**[10]. What they're doing has nothing to do with sport – or with the love of animals." Er sah Corinna aufmerksam an. "But we'll only be **successful**[11] if you're **willing**[12] to help me."

---

1 **forever** für immer
2 **solution** Lösung
3 **mistreat** misshandeln
4 **punished** bestraft
5 **have been torturing** gefoltert haben
6 **worms** Würmer
7 **adults** Erwachsene
8 **own** eigene
9 **careers** Karrieren
10 **difference** Unterschied
11 **successful** erfolgreich
12 **willing** bereit

"Which means we have to **testify**[1] **against**[2] Andrew Welsh and his team?", mischte sich Daniel ein.
Rick nickte. "Yes."
Corinna überlegte. Andrew Welsh hatte ihr die Möglichkeit gegeben, auf seinem Hof zu arbeiten. Er hatte ihr erlaubt, Daylight zu reiten. Und jetzt sollte sie gegen ihn aussagen? Wäre sie dann nicht undankbar?
Ihr Blick fiel erneut auf die Fotos. Barrys angstverzerrtes Gesicht sah schrecklich aus. Nein, es gab nichts zu überlegen. Sie musste sich für die Pferde einsetzen.
"Okay. I'll testify against them", sagte sie mit fester Stimme.
Daniel lächelte. "Me too", meinte er.
Rick ging zum Telefon und wählte eine Nummer. "My name is Rick Garland", hörte Corinna ihn nach einer Weile sagen. "**You need to**[3] **send**[4] the police to Woolstone Manor … Yes, that's Andrew Welsh's farm … **suspicion**[5] that he's mistreating his horses … yes, that's him … yes, the famous dressage rider … yes, I know … but **still**[6] … okay … I'm on the way … yes … okay … I'll be there."

---

1 **testify** als Zeuge aussagen
2 **against** gegen
3 **you need to** Sie müssen
4 **send** schicken
5 **suspicion** Verdacht
6 **still** immerhin

Rick legte auf und zog seine Jacke an. Dann drehte er sich zu Corinna und Daniel um. "Would you like to join me?"
Beide nickten.
"Good. Come on. Bring the photos."
Gemeinsam gingen sie zum Pickup.
"Rick!", rief Corinnas Mutter ihnen nach. "Please take care of them."
Rick grinste. "Of course."

Als Rick, Corinna und Daniel am Gut ankamen, war ein Streifenwagen der Polizei schon da. Rick zeigte den beiden Polizisten die mitgebrachten Fotos. "Incredible, isn't it?", fragte er.
Die Polizisten nickten. "And Welsh **claims to be**[1] a good **sportsman**[2]", zischte einer von ihnen zwischen den Zähnen. "Let's not waste any time."
Der andere Polizist drehte sich zu Corinna und Daniel um. "Are they going with us?", fragte er erstaunt. "This isn't **child's play**[3], you know."
"I'm not a child!", sagte Corinna mit fester Stimme.
"And it's better **to take** us **along**[4], because we know the place very well", fügte Daniel hinzu.
Der Polizist sah Rick erstaunt an. Dieser nickte.

---

1 **claims to be** behauptet, er sei
2 **sportsman** Sportler
3 **child's play** ein Kinderspiel
4 **to take along** mitzunehmen

"They'll be **useful**[1], I'm sure", sagte er. "And it won't be dangerous, will it?"
Der Polizist schüttelte den Kopf.
Schweigend gingen die beiden Polizisten gemeinsam mit Rick, Daniel und Corinna auf den Hof. Auf dem Vorplatz war niemand zu sehen. Corinna führte die Männer in den Stall.
Patina, Lady in Black und zwei weitere Pferde standen in ihren Boxen und fraßen. Das sah alles sehr normal aus. Corinna führte die Männer weiter. In der nächsten Box lag Barry auf der Seite. Er hatte die Beine dicht an den Körper gezogen und brummte leise vor sich hin. Auf seinem Rücken waren blutige Striemen zu sehen.
Mit einem Satz war Corinna in seiner Box und streichelte ihn. "Poor boy", rief sie entsetzt. "**He's a mess**[2]. Rick, look what they did to him!"
Rick war sofort zur Stelle. "Oh, my God!", sagte er. "The poor horse."
"But where is everybody?", wollte einer der Polizisten wissen.
"Corinna", rief Daniel. "Look. There's an empty box. They're probably working with one of the horses now."
Corinna trat auf die Stallgasse und schaute sich um. "Silver'**s missing**[3]", sagte sie dann.

---

1 **useful** nützlich
2 **He's a mess.** Er sieht schrecklich aus.
3 **is missing** fehlt

"Perhaps he's in the arena for special training", bemerkte Daniel.
Alle horchten auf. Aus der Reithalle war leises Wiehern zu hören. Oder bildeten sie sich das nur ein?
"We may have the chance to **catch** him **red-handed**[1]", bemerkte einer der Polizisten. Er wandte sich an Corinna. "Show us the way to the arena."
Das ließ sich Corinna nicht zweimal sagen. Sie schloss Barrys Boxentür. Dann schlich sie zur Reithalle hinüber. Die anderen folgten ihr.
Vor der Tür blieben sie stehen und horchten. Hufschlag war zu hören. Dann knallte eine Peitsche. Und ein Pferd wieherte laut und ängstlich.
Corinnas Herz schlug bis zum Hals. Auf ihrer Stirn bildeten sich kleine Schweißperlen, obwohl sie vor Kälte zitterte.
Ein Polizist platzierte sich links, einer rechts an der Tür. Dann nickten sie einander zu. Mit einem Ruck schoben sie die schwere Holztür zur Seite. Das alles passierte so schnell, dass Corinna kaum in der Lage war, einen klaren Gedanken zu fassen.
Das Bild, das sich ihnen bot, war noch schlimmer, als sie erwartet hatte. Silver trug die schwarze Maske mit den zugenähten Sehschlitzen. Auf seinem Rücken saß Andrew. Hinter ihm trieb Craig den Apfelschimmel

1 **catch red-handed** auf frischer Tat ertappen

mit Peitschenschlägen in die Mitte der Halle, wo eine große Metallplatte lag.
Als sich das Tor öffnete, schauten die Männer überrascht in Richtung Ausgang. Sie brauchten einen Moment, um zu realisieren, was da gerade passierte. Rick nutzte die allgemeine Verwirrung, ging eilig auf die Platte zu und streckte die Hand danach aus. Rasch zog er sie mit schmerzverzerrtem Gesicht zurück.
"It's hot!", rief er und drehte sich zu den Polizisten um. "He's probably cut this horse's hooves, and now they'**re forcing**[1] him to walk over a **sheet**[2] of hot **metal**[3]."
"And he'll lift his legs higher than **usual**[4] to try to escape the pain!", ergänzte Daniel.
"Well, that's one way to train a dressage horse!", erwiderte einer der Polizisten kopfschüttelnd. "And in the **news**[5] all we see is the famous rider and his perfect horse."
"I can't believe it", stammelte der andere Polizist.
Mit einem Satz sprang Andrew Welsh von seinem Pferd. "Get out! At once!", brüllte er. "You have no

1 **are forcing** zwingen
2 **sheet** Platte
3 **metal** Metall
4 **usual** üblich
5 **news** Nachrichten

right[1] to be here. Or do you have a **search warrant**[2]?"
Dann fiel sein Blick auf Corinna. Seine stahlblauen Augen waren so kalt, dass Corinna ein Schauer über den Rücken lief. "You'**ve been telling tales**[3], haven't you?" Er drohte mit der Faust. "I **should** never **have invited**[4] you to my farm. I **knew**[5] it would **mess everything up**[6]."
"The only thing that's messed up here is the way you treat your horses!", bemerkte der Polizist.
Craig schwang drohend die Peitsche. "This girl **stole**[7] one of my horses", rief er. "My two **colleagues**[8] have been looking for it all evening."
"She didn't steal the horse. I **saved**[9] it", bemerkte Daniel. "We didn't want her to **suffer**[10] your **cruel**[11] training methods."
"I knew from the **beginning**[12] that you'd cause me trouble!", zischte Andrew.

---

1 **right** Recht
2 **search warrant** Durchsuchungsbefehl
3 **have been telling tales** hast Lügengeschichten erzählt
4 **should have invited** hätte einladen sollen
5 **knew** habe gewusst
6 **mess everything up** alles vermasseln
7 **stole** hat gestohlen
8 **colleagues** Kollegen
9 **saved** habe gerettet
10 **suffer** erleiden
11 **cruel** grausame
12 **beginning** Anfang

"And you're right", erwiderte der eine Polizist. "Andrew Welsh, you**'ve been charged with**[1] mistreating your horses. I'm going to have to ask you and your colleagues to come with us for **questioning**[2]." Er fasste Andew am Arm.

1 **have been charged with** sind angeklagt wegen
2 **questioning** Verhör

Der Dressurreiter machte sich ärgerlich frei. "Don't touch me!", zischte er. "I'll come with you. But I **swear**[1] to you it's all just a big **misunderstanding**[2]."
Während Craig und Andrew zum Polizeiauto geführt wurden, kümmerten sich Corinna und Daniel um Silver. Sie streiften die entsetzliche Maske von seinem Gesicht, brachten ihn in die Box zurück, nahmen ihm Sattel und Zaumzeug ab und gaben ihm zu fressen.
Sie streichelten dem Apfelschimmel beruhigend den Hals, als einer der Polizisten noch einmal in den Stall trat und sich fragend an sie wendete.
"You said that there were two other people **involved**[3] in this, but we didn't find anyone in the house. Do you know their names?"
"Only their first names", erwiderte Corinna. "Ian and Sally. I **expect**[4] they're still looking for Daylight. They'll probably be back soon."
Corinna sah, wie der Polizist sein Handy aus der Tasche zog und Hilfe anforderte. Dann fuhr der Streifenwagen mit Craig und Andrew vom Hof.
Nachdem Corinna, Rick und Daniel sich noch einmal vergewissert hatten, dass die Pferde gut versorgt waren, machten auch sie sich auf den Rückweg.

---

1 **swear** schwöre
2 **misunderstanding** Missverständnis
3 **involved** involviert
4 **expect** nehme an

Ein Heim für Corinna

"Excuse me. My name's Donald Macauly. I work for the **local newspaper**[1]. Would it be possible to speak to your daughter?"

Corinnas Mutter verzog genervt das Gesicht. Den ganzen Tag über ging das nun schon so. Ein Reporter gab dem anderen die Klinke in die Hand. Alle wollten ein Interview mit Corinna, diesem mutigen Mädchen, dem es gelungen war, einen berühmten Dressurreiter der Tierquälerei zu überführen. Es war ein Riesenskandal.

"I'm sorry. My daughter isn't at home", sagte Frau Steffen und seufzte, als ein Blitzlichtgewitter auf sie einprasselte. "She won't be home for the next couple of days. She's a very **shy**[2] girl and she doesn't like all this **media hype**[3]."

In diesem Augenblick kamen noch mehr Reporter über den Hof. Sogar ein Kamerateam baute sein Stativ auf.

"Is your daughter always this **brave**[4]?", wollte ein Herr von einer anderen Zeitung wissen.

"Oh, yes, she is", nickte Frau Steffen. "But this time she wasn't alone. Daniel Garland, my **fiancé**[5]'s son, was with her. I think the two of them make a good team."

---

1 **local newspaper** Lokalzeitschrift
2 **shy** schüchtern
3 **media hype** Medienrummel
4 **brave** mutig
5 **fiancé** Verlobter

"Do you have any photos of them?", fragte nun eine freundliche Dame vom Kamerateam.
Frau Steffen sah angestrengt von einem Reporter zum anderen.
"Okay. Come in", sagte sie schließlich. "I'll make us all some coffee and try to **answer**[1] your questions."

Corinna lag auf der Wiese hinter dem Gut und ließ sich die Sonne auf den Bauch scheinen. Daniel saß ein Stückchen von ihr entfernt auf dem Ast eines Baumes und sah zum Hof hinüber.
"... six, seven, eight cars", zählte er. "And I can see more of them coming up the road."

---

1 **answer** beantworten

"**What a shame**[1] I'm not at home", grinste Corinna. "But I'm a shy girl and I don't like media hype."
"Neither do the horses", lachte Daniel.
Sie schwiegen.
"Daniel", began Corinna nach einer Weile. "I have to thank you for everything you did. I'm sure I**'d never have got through it**[2] without you."
"And I'd never have had such interesting holidays without you", erwiderte Daniel.
"What do you think will happen?" Ihre Sorge um Daylight überschattete Corinnas Genugtuung, Andrew Welsh der Tierquälerei überführt zu haben.
"Well, I don't know, but I **overheard**[3] a **conversation**[4] between your mother and my father yesterday", berichtete Daniel. "They were talking about buying Daylight for you."
Corinna richtete sich auf. "Are you sure?"
"Yes." Daniel zögerte. Mit einem Satz sprang er vom Ast und setzte sich neben Corinna ins Gras. "But they weren't sure you'd want to stay at Greenland Farm", fügte er zögernd hinzu. "Your mother told Rick that she'd promised you that she'd take you back to Germany if you were **unhappy**[5] here."

---

1 **what a shame** wie schade, dass
2 **would never have got through it** hätte es nie durchgehalten
3 **overheard** habe zufällig mitbekommen
4 **conversation** Gespräch
5 **unhappy** unglücklich

Corinna richtete sich auf und starrte Daniel überrascht an. "But I'm not unhappy!", rief sie. "Not at all. It's wonderful here. It's the best place I've ever been in my life. Why would I be unhappy?"
Daniel schaute auf seine Fußspitzen. "In the beginning I wasn't very friendly to you", murmelte er. "But I promise …"
"Daniel", unterbrach ihn Corinna. "You were friendly to me. I swear I've never had a better friend than you."
Daniel sah Corinna an und grinste verlegen.
"You know, in the beginning, I hated you and your mother. I thought you'd just come between Rick and me. But **actually**[1] my life is a lot more interesting with you here. And I've always wanted a little sister."
"Thank you", lächelte Corinna. "And I've always wanted a big brother." Dann blickte sie sich um.
Ein dicker Reporter kam schwitzend über den Hof gelaufen. Er hielt direkt auf sie zu.
"Oh no!", flüsterte Corinna. "They've found us!"
Nun drehte sich auch Daniel um und starrte dem Reporter direkt in die Linse. Klack, machte es.
"Let's run!", rief Corinna. Sie sprang auf. "First one to the sea … ?"
Dann rannte sie los. Daniel folgte ihr. Sie rannten, wie sie noch nie in ihrem Leben gerannt waren. Bis sie schließlich atemlos das Meer erreichten.

---

1 **actually** eigentlich

Krimispaß für Leseratten

Neue Abenteuer für kleine und große Fans

Annette Weber
Dangerous Dressage –
Gefährliche Dressur

Petra A. Bauer
The Pirates of Plymouth –
Die Piraten von Plymouth

Jan Schuld
A Crime in the Paddock – Verbrechen auf der Pferdekoppel

Petra A. Bauer
An Exciting Cruise – Eine abenteuerliche Kreuzfahrt

Luisa Hartmann
Beware of Pickpockets! – Vorsicht, Taschendiebe!

Herbert Friedmann
Burglary at Noon – Einbruch am Mittag

Dagmar Puchalla
Footprints in the Snow – Fußspuren im Schnee

Bernhard Hagemann
Foul Play – Falsches Spiel

Luisa Hartmann
Holiday Job: Detective! – Ferienjob: Detektiv!

Tina Zang
Lord of the Bets – Herr der Wetten

Tina Zang
Panic on the Set – Panik am Set

Charlotte Collins
Save Green Farm! – Rettet Green Farm!

Dagmar Puchalla
Stop Thief! – Haltet den Dieb!

Jan Schuld
The Devil Laughs – Der Teufel lacht

Luisa Hartmann
The Golden Dog – Der Goldhund

Luisa Hartmann
The Haunted Castle of Loch Mor – Das Spukschloss von Loch Mor

Dagmar Puchalla
The Parrot knew Everything – Der Papagei wusste alles

Petra Steckelmann
The Mysterious Lighthouse – Der geheimnisvolle Leuchtturm

Tina Zang
The Mystery of the Stray Dog – Das Rätsel um den Streuner

Paul Jansen
The Odd Bird – Der komische Vogel

Annette Weber
Tracking Horse Thieves – Pferdedieben auf der Spur

Herbert Friedmann, Tina Zang
Trapped – In der Falle

Dagmar Puchalla
War of the Gangs – Bandenkrieg

Annette Weber
Where is Mrs Parker? – Wo ist Mrs Parker?

Langenscheidt
...weil Sprachen verbinden

Downloads, Infos & mehr
www.langenscheidt.de